河醒着，心醒着

[英] 张怀存　著

作家出版社

（京权）图字：01-2025-1422

图书在版编目（CIP）数据

河醒着，心醒着／（英）张怀存著. -- 北京：作家出版社，2025.7. --（冰心奖 35 周年典藏书系／翌平，郭艳主编）. -- ISBN 978-7-5212-3484-8

Ⅰ. I561.65

中国国家版本馆 CIP 数据核字第 2025KE0816 号

河醒着，心醒着

主　　编：翌　平　郭　艳
作　　者：（英）张怀存
策　　划：左　眩
统　　筹：郑建华
责任编辑：夏宁竹
插　　图：张弘蕾
装帧设计：瑞　泥
出版发行：作家出版社有限公司
社　　址：北京农展馆南里 10 号　　　邮　　编：100125
电话传真：86-10-65067186（发行中心）
　　　　　86-10-65004079（总编室）
E-mail: zuojia@zuojia.net.cn
http://www.zuojiachubanshe.com
印　　刷：三河市紫恒印装有限公司
成品尺寸：145×210
字　　数：163 千
印　　张：6.25
版　　次：2025 年 7 月第 1 版
印　　次：2025 年 7 月第 1 次印刷
ISBN 978-7-5212-3484-8
定　　价：35.00 元

张怀存，出生于中国青海省，土族，英籍华人，现居伦敦。英国皇家艺术学会终身院士，中国作家协会会员。铅笔树慈善机构的创始人。诗人，画家，儿童文学作家。获得英国"惠斯勒"奖章，中国儿童文学"十大魅力诗人"称号，冰心儿童文学图书奖等。在香港、澳门、首尔、东京、纽约、巴黎，伦敦等地成功举办个人画展。著有《铅笔树》《坐上秋天的火车》《格桑花》《童话居住的地方》《怀存看人》《听见花开的声音》《铅笔树上的小树熊》《怀存诗画集》等。翻译《红瓦》《树上的太阳》《我的名字叫鲍勃》《BBC儿童诗选集》《我的邻居是大象》《高小宝》《相遇白桦树》等。最新作品《云的秘密庄园》《采一朵云的猫》。

童真之眼与面向未来的儿童文学

郭艳（鲁迅文学院教研部主任、研究员）

　　高科技 AI 时代带来人类文明更加深刻的嬗变，人作为宇宙居民和星球物种已然发生了更为异质的变化，儿童无疑是这一巨变最为直接的对象。儿童是未来，儿童文学抒写地球人最本真的生命感知和审美体验，是写给未来者的文字。在纷繁芜杂的多媒体虚拟语境中，纸质文本对于儿童智力、情感和心灵的塑形更显出古典的崇高与静穆的优美。冰心奖包括冰心儿童图书奖、冰心儿童文学新作奖、冰心作文奖、冰心儿童艺术奖四部分，获奖儿童文学作家逾千人。冰心奖作为中国以著名作家命名的全国性儿童文学奖项，其架构设计蕴含着深远的文学社会学意义。在冰心先生的关怀下，以及冰心奖创始人雷洁琼、韩素音和葛翠琳的筹划、设计和主持下，经过三十五年、几代人的共同努力，冰心奖已成为中国儿童文学重要的民间奖项，它还是新时期以来众多初登文坛的儿童文学作家在创作初期获得的重要激励，其获奖文本成为文学佳作的写作风向标，获奖作家日渐成为当代儿童文学的中坚力量和引领者。本套合集中，老中青数代作家济济一堂，年龄横跨了近一个世纪的时空场域，印证了该奖项作为"儿童文学作家摇篮"的独特功能。

冰心奖以文学性为核心，关注作品的叙事结构、语言艺术、象征系统构建等文学本体特征，众多获奖作家呈现不同向度的美学追求，体现了新时期以来中国儿童文学原创的丰硕成果。

一、现实关怀与多元成长叙事

面对二十世纪九十年代以来的中国社会，众多作家显示出了对于童年和成长更为多元的认知，写作视域从校园、家庭、都市、乡村延伸至自然、博物、地域、民俗，乃至科学、科技、科普和科幻等，从而延展和拓宽了当代儿童文学现实主义的深度和广度，也极大地推动了文本叙事革新的深化。

其一，乡土审美叙事与诗意美学结合，重塑乡土中国镜像和乡村儿童生命成长。曹文轩作为首位获国际安徒生奖的中国作家，推动中国儿童文学走向世界。他的创作以诗性现实主义与古典悲剧意识为内核，书写水乡泽国的乡土，形成哀而不伤的美学境界。王勇英的写作则以俚俗幽默与野性生命力为底色，乡野喜剧中暗藏成长隐痛，书写大地伦理滋养的童年精神，展现万物有灵的乡土世界。林彦在古典诗意与江南韵律之中编织绵密的童年心事，笔触疏淡却意境幽微。薛涛在山林、江河与民间传说里讲述独特的成长故事，文字间潜藏着温暖与救赎。湘女守望边地乡土，凸显红土高原的山川风物、茶马古道与民族原生态浸润中的童年故事，奇幻而质朴。彭学军以诗意语言与生活化叙事勾连历史记忆与当代童年经验，赋予传统手工艺、地域文化以现代生命。高凯书写童心，通过童真语言、自然意象与现实哲思的融合，呈现出对生命教育与乡土诗性的审美追求。常星儿以辽西沙原为精神原乡，在少年成长叙事中凸显对乡土中国的深情回望。

其二，现代主体性观照下的城市—乡村—世界—少年群像：疼痛中的向光成长。具有现代主体性观照的作家们聚焦都市生活流和乡村日常的童年经验，摹写少年们的精神、情感与心理成长，塑造更具现时代当下性的少年群像。高洪波运用新奇的视角和想象，创造出有趣的形象和情节，体现对儿童自由天性和生命价值的尊重。常新港以冷峻笔法刻画少年在成长阵痛中的蜕变，幽默中蕴含思辨，粗犷而饱含生命热度。翌平以独特的少年视角审视童年往事，倾诉少年成长烦恼与对世界的好奇，想象力充沛，情感真挚深刻。刘东聚焦青春期少年在都市与乡土夹缝中的精神困境，用蒙太奇拼贴记忆碎片，形成破碎感与治愈力并存的独特文本。老臣以雄浑苍劲的北方为底色，塑造质朴、刚毅的少年形象，苦难书写中淬炼悲怆，叩问生命与人性的坚韧。李东华探讨少年在历史洪流中的命运，直面成长创痛，以悲悯情怀熔铸坚韧品格。毛云尔相信每个孩子都有潜能：石头的翅膀深藏在内心，在好奇心、爱与理解的情境中，石头就会开始它自在的飞翔。文本具有生动而真实的细节与陌生化的想象力，显示出对儿童心理的深刻理解。孙卫卫以温润质朴的现实主义笔触聚焦当代校园生态与男孩成长的心灵图谱，渐进式成长浸润着生命的质感，寓教于情。

其三，现代女性视角下的家庭—校园—社会—少女形象：柔韧中的向暖而生。陆梅以江南为底色，构建潮湿而坚韧的童年镜像，摹写少女青瓷裂纹般的生命痛感，书写夏日阳光疗愈青春期的孤独。张洁以温婉的女性视角捕捉童年情感的细微震颤，在淡淡的疏离中重建童年与他者的联结。赵菱擅长在当代童年经验中植入神话原型与传统文化基因，在幻想叙事中体现现实关切，心灵镜像通透而明亮。谢倩霓聚焦现代家庭变迁与青春期少女的精神成长，脆弱与倔强交织、伤痛与治愈共存。辫子姐姐郁雨君以童心为底色，凸显儿童成长、互动创新的情感疗愈文学场域。周蜜蜜坚持多样化文体创作，以岭南文化为核心，文本兼具地域性、时代性与人文关怀，在传统与现代、科技与文学之间构建了独特的平衡。

其四，高科技时代的共情：科幻与现实相互交织，科技与伦理彼此关切。随着高科技时代的来临，儿童科幻越发成为解读现实不可或缺的文本。作家们将中国神话、历史、民俗与科幻结合，在时空旅行、生态灾难、末日危机等题材中普及科学知识，探讨批判性思维与伦理问题。本合集中，冰波的作品具有独特的构思和创新性，善于使用对比手法，在新鲜有趣的故事中传授知识、交流情感，文字温暖而治愈。

二、幻想美学的本土化重构

近三十年中国幻想文学致力于跨文化审美范式建构，在童话文本中注入东方哲学意蕴，构建中国童话的本土范式。童话作家们将文本叙事与幻想美学融合，探讨个体生命、自然万物，以及历史记忆之间的本质与诗性。众多创作传承本土文化基因密码，融入现代性思考，推动了中国原创童话的创新与发展。本套合集中，张秋生的《小巴掌童话》文体灵动自由，叙事充满诗意哲思，价值启蒙自然天成，以"小而美"的独特风格成为中国儿童文学经典。周锐的童话擅于将奇幻想象照进现实，在荒诞变形中表现当代儿童的生活镜像，延续民间叙事智慧，又注入现代批判意识，历史与童话结合，风格诙谐。汤素兰的童话将中国神话意象与西方幻想文学结合，在儿童视角中展开双重成长，使地域文化记忆获得当代审美价值，轻松、温暖而幽默，具有独特的美学意味。车培晶的文本通过纯真人性的浸润、苦难的观照与诗性语言的呈现，构建了童趣与美善的世界。吕丽娜在梦想、快乐、爱心主题中激发儿童的想象力和创造力，引导儿童向上成长。这些童话文本在更多本土化探索的同时，又关注当下社会性问题，以童话介入现实，并以绘本、微童话等形式延伸文体边界，实现现实关怀与跨界融合。当下的童话写作既延续了叶圣陶、张天翼的现实主义传统，又融入了现代人文情怀，在诗化童话的审美追求中，提升中国童话的哲学意蕴和童年精神表达。

值得一提的是班马的儿童文学创作，他以先锋姿态重构中国童年精神场域，从文化人类学视角构建奇幻文本，在虚实交织的地理疆域和古今时空穿梭中，提升儿童与自然的神秘交感，揭示被现代性遮蔽的原始生命感知，抵达对中华文化的现代性阐释。在语言实验层面，班马融合民族文化与后现代拼贴技法，在叙事迷宫中拓展儿童文学边界，激发儿童潜能（创造能力、感应能力、探索能力和审美能力等），从而参与对未来世界的影响和构建。他的写作融文化寻根、哲学思辨与游戏精神于一体，开创中国儿童文学文化智性书写范式。

三、爱的哲学与美善化育

当代儿童散文延续冰心先生提倡的"爱的哲学"，坚守儿童本位的语言与叙事表达，力求审美性与功能性平衡。同时文类和题材边界日益拓展，作家们关注人类学视野的边地童年、地域风物，以及方志化叙述中的城乡记忆等，表现出儿童散文创作更多维度的探索与追求。本套合集中，徐鲁的创作融合自然、历史与人文，兼具文学性、审美性和现代认知，充满诗意化的抒情气质，又蕴含对真善美的坚守，展现了中国儿童散文的思想深度与美学品格。韦伶将自然美学、情感哲学、教育娱乐，以及独特的女性视角和理论实践相结合，文本富有教育意义又兼具娱乐性。阮梅的散文语言优美，主题深刻，透露出慈祥的母爱与关怀，提供丰富的阅读体验和人生指导。张怀存的写作诗、书、画相交融，秉持童心与真诚，散文体现出情感与哲思、中西文化交融的特质，展现了文化碰撞与互鉴的魅力。毛芦芦注重生命与自然的思考，通过拟人化叙事赋予自然生命体验，情感真挚，富有审美教育功能。王琦的写作融入对地域文化和日常生活的回忆，在和读者共情中回溯童年的美好和难忘。

当下儿童散文创作在美善化育中，更注重对儿童本位和童年经验的反思，在时代嬗变中表达对儿童真实境遇的深切观照。同时在多文体、叙事多元结构、视角交融等维度进行更多的文本创新和实践，从而更为及时而深入地反映儿童的内心，表达儿童对于自我、他者和世界更为本真的体验和感悟。

四、文学史视野与价值重估

在 2025 年的时空节点，冰心奖评委会在冰心奖设立三十五周年之际，特推出由三十五位儿童文学名家名作组成的冰心奖获奖作家典藏书系，邀请儿童文学评论家徐妍、徐鲁、崔昕平、李红叶、冯臻、谈凤霞、涂明求、聂梦，参与本系列合集的审评，并为作品撰写推荐语。回溯历经三十五年的冰心奖是对纸媒辉煌时代的回眸与凝视。从文学史维度看，冰心奖三十五年历程恰与中国儿童文学现代性进程同频共振。她以"爱与美"为精神内核，恪守冰心先生"以童真之眼观照世界"的理念，以扎实的文本实践推动了中国儿童文学原创，培育了具有现时代文化精神和儿童主体性的文学新人群体，助推了中国儿童文学创作多元美学范式的转换。表现为：美学传统的接续与转化，深化童年本位的审美转向，重构现代儿童主体性；深度激活本土文化资源，推进传统文化符号的现代性转化，地域美学多层面呈现；深化儿童本位视角的现实主义，成长叙事多元共生，增强现实关怀与人文深度；幻想文本的本土化创新及东方诗化童话的美学追求；生态意识和绿色美学观照下的大自然文学、生命共同体的童真童趣表达等。在传统根脉和现代性诉求的双向张力作用下，中国儿童文学在时间、空间和价值维度上都发生了深层的变革和创新。

总而言之，新时期以来中国儿童文学所描述和呈现的童年经验、文化记忆和幻想世界等，都是和中国现代化进程深度融合的，是中国现代化语境中童年镜像的多元呈现和多声部表达，体现了中国现代性审美的诸多特征。冰心奖通过制度创新、精神传承与国际拓展，不仅推动了中国儿童文学原创的繁荣，更以美善化育重塑了儿童文学的价值内核，成为新时期以来儿童文学发展的重要引擎，也必定继续对未来的中国儿童文学产生更为持续而深远的影响。

2025 年 4 月 30 日

前言　孬蛋的世界

"此刻你也许伫立在泰晤士河畔，此刻你也许被不尽的哀思压得喘不过气来，此刻你也许为那个酿造了太多苦难的夏天而泪流满面，然而我更愿意相信，此刻的你就像凝望湖水一样凝望着父亲深邃的目光，就像聆听雪山一样聆听着父亲悠远的嘱咐。尽管草地已不是那片草地，尽管太阳已不是那颗太阳，但来年春天，草地依然会绿，依然会化作一片花海，太阳也照样会在每天的清晨升起。"10 月 4 日 12 时 40 分，我在伦敦大学学院的办公室读着手机上朋友从青海发来的短信。这些天，他沿着我的指引在青海湖岸踯躅。我问他看到漫山遍野的油菜花了吗？他说油菜花已在 9 月谢去，候鸟也已南飞，只有远处几个游客仍在不倦地摆出各种姿势，努力摄取着难得一见的美景。我说，没关系的，没有油菜花，青海湖一样美。是的，被蒙古人称为库库淖尔的青海湖确实美，有一种引天接地混沌苍茫的亘古之美。只是，脖子上挂着数码相机的观光客是很难体会到的，绚丽的色彩早已让他们目不

1

暇接，而搏动着的生命则在他们的匆匆一瞥中消遁于无形。

再也没有比儿时记忆里那一地的野花更让我激动的了。春天来临时，先是草原上的草一点点地软了，一点点地绿了，渐渐地就有了微微的褐红色，柔柔的光泽，不经意哪一天，当风儿唱着歌从身边走过，草原上便荡漾起一片五颜六色的花海。当我从离开草原南下的那天开始，从此便远离了草原。梦中，曾无数次漫步在湿漉漉的草地上，让露水打湿裤腿，凉凉地浸入肌肤。激灵间，但见天地相接的地方，一马平川，没有阻隔，没有楼房。随着年龄的增长，这种宁静的日子离我是越来越远了。每当到了秋天，清凉的风儿俯下身子从草尖上掠过。草是坚硬的，风是坚硬的，它们弄出很大的声响，将一排排绿浪推向触目不及的天边……

我深深知道作为草原的匆匆过客，游客们实在很难体会到青海的凄美和深沉。无论是行走还是参悟，都无法突破认知的限定和遮蔽，毕竟，能直抵草原深处的，是生命而不是眼力或冥想。

出生于土族家庭的我，原本就是草原的女儿。自小就枕着湟水和黄河的涛声入梦，梦中，有祁连山的皑皑积雪，有青海湖的滟滟碧波。朋友们一听我是土族，下意识就反应，哦，土家族。我总是认真纠正，是土族，不是土家族。鲜为人知的土族是个带着几分神秘色彩的民族。关于它的族源，学术界争论不休，各执一词，难以定论。但不论持何种说法，都一致认同：土族的先民是来自马背的民族。我爷爷就一直坚定地告诉我说，没错，我们的祖先是格日利特。

格日利特是成吉思汗的一员骁将，曾在祁连山麓威远镇屯兵三千。历史上，相当一部分土族也确实把他当作本民族的祖先来祭拜。草原民族的血统，予我无拘无束的性格，而能歌善舞心灵手巧的双亲，则予我艺术启蒙。我的母亲天生一副好嗓子，一曲直入云空的青海"花儿"，就像是施了魔法似的，将活蹦乱跳的我定定地稳在原地。我的父亲能将一团普通的泥巴或是一块木疙瘩，放在他的手里活转开来，不一会儿工夫就有狮子或是孙悟空出现在大家面前，栩栩如生。这令一直守在父亲身边的我，惊讶得几乎透不过气来。关于父亲，我有太多的回忆且永生难忘。有一次，在草地上，我发现了一只受伤的小鸟，当我兴冲冲地扑过去的时候，尾随其后的父亲赶忙俯下身子，一迭声地说："小心点，小心点。"在小鸟养伤的日子里，父亲天天都会陪我在鸟笼旁趴着，努着嘴啾啾地与小鸟说话，眼看着小鸟能在笼子里上下扑腾了，父亲便开始跟我商量放飞的事情。我不依，任凭父亲怎么哄我也不依。没办法，父亲只好悄悄地把小鸟给放了。我那个哭呀，哭得昏天黑地。父亲抱起我，喊着我的小名说："哎哟，尕蛋怎么搞的，是不是不小心没把笼子关好呀。"过了一个星期，父亲才承认小鸟是他放走的。这回我没哭，因为父亲紧接着又说："小鸟关在笼子里多孤单呀，它也有阿爸阿妈、兄弟姐妹，把它放了，它还会回来看你的。"也奇怪，父亲的话刚落地，天空便传来一阵悦耳的鸟鸣。多得数不过来的鸟儿成扇形俯冲下来，然后在贴近树梢的地方打了个旋儿，洒下一片碎银似的声音，这才头尾相衔地向西北方向飞去。那一刻，父亲也呆住了，半晌，才轻声地问："看见它了吗？"我噙着泪，默默地点了点头。

我是幸运的。如果说，是父母亲给我插上了自由飞翔的翅膀，那么，九十岁高龄的老奶奶则教会了我何为敬畏。老奶奶是个虔诚的佛教徒，每天都要对佛祖顶礼膜拜。老奶奶每天都要磕一百零八个长头。磕一个长头得双手合十，高举过顶，然后依次下降，各触额、唇和心口一次，再双膝下跪，全身俯伏，以额触地，作五体投地状。老奶奶在青海老家是这样，到了南方还是这样。无论在哪里膜拜，老奶奶的眼睛里都闪着一丝肃穆的光芒。

童年的记忆将在多大程度上左右艺术家的创作，我说不准，但我相信，它将如魂附体伴随终身，并且会在每个人的作品上打下各种不同的胎记。我四岁开始涂鸦，小学时便有文字见诸各大报刊。长大后爱画画的我，没进美院，却进了中南工大。同样热爱写作的我，没报中文，偏报了厂房设计。

大学毕业后，在绘图板上趴了不到两个月，我脚一抬就跨进海边的一所小学里当起了老师。教音乐，在我的同龄人中会弹钢琴的为数极少。教英语，二十世纪九十年代初的学校专业的英语老师不多。教美术，总算跟爱好沾了点儿边。

我一边教学生画画，一边自己也画画。从小学讲台站到了大学讲台。我也写一些诗歌散文。大学毕业第二年，我的诗集《赠你一片雪花》《心中的绿洲》和散文集《听见花开的声音》《自由空间》陆续出版。在这期间，我也得到了人民美术出版社的大爱，为我出版了个人画集。我的个人画展也在教书的日子里如期举行，在广州、香港、东京、纽约……

我的世界极其单纯，雪花、绿洲、白云、自由空间、铅笔树、可爱的小树熊，还有夹进信封的一片暖暖阳光，唯独没有的是几乎淹没了整个世界的声色犬马和甚嚣尘上的金元演说。我在滚滚尘世中拥有这么一块桃花源，其意义不只是为儿童造梦，更重要的是让我们这些大人寻回了残留于心的那点童心与无邪。

无论是文字还是画，我都在追求一个率真率性的艺术之境。我的创作，并非依附于某门某派，也未曾为那瞬息变幻的漫山旗帜所目迷神乱。我的创作，得自天性、天然、天成。不管什么场合，只要一笔在手，我整个人便兴奋起来。或挥或扫，或皴或染，或浓或淡，或干或湿，随机生发，倏若龙蛇。最妙是无意之处，任其漫漶，自由融合，而着力之所，又率性挥洒，极尽响亮。

我写过一本《怀存看人》。所看者，多为与我亦师亦友者。除拜遍不同性情不同门派的国内名师外，西方的塞尚、高更、凡·高、莫奈、贝纳尔也是我崇仰的对象。我曾六飞巴黎，只为能一再徜徉在这些大师所创造的光影世界里。刘海粟先生说："童心意味着幻想、创造、纯真、坦白、诚实。离开纯真，艺术生命便宣告灭亡。"我一直觉得自己的作品，无论是绘画还是写作，在技巧上虽还未到极致，但笔下勃发着生命情趣，这曾获得国学大师饶宗颐的欣赏。2002年我在香港文化艺术中心展出的七十六幅画作，被一对日本夫妇全部收藏。

由着性情写诗作画可得天趣，但天趣与大气之间，终究还是存在一段距离。同是视"童心永存，艺术不朽"的刘海粟，曾在《浇花小记》里写道："大家要有丰富的学问，惊人的胆识，扎实的功底，广阔的阅历，持久的恒心，高洁的人格。六条齐全的人不多，但缺什么要补什么。"我的儿童诗集《铅笔树》出版之际，诗人柯岩阿姨对我说："怀存，你要走出桃花源，要直面人世间的苦难。"儿童诗如何表现苦难？是给孩子们更多点阳光，还是让他们过早面对成人世界的阴霾？正当我颇觉茫然的时候，不想诗人的话一语成谶。苦难果然从天而降，将猝不及防的我抛进几近绝望的深渊。那个夏天我的父亲离开了我们，永远地闭上了眼睛。漫说是不谙世事的我，即便是男子汉，也是很难扛住这沉重一击的。多少个漫漫长夜，老奶奶无言地轻抚着我的手，祖孙俩就这样坐着，直至微曦爬上窗扉。许是血管里流淌着草原骠骑的血液，许是老奶奶的信仰和勇气给了我无尽的力量，在这撕心裂肺的一百多个日夜里，我完成了人生中最重要的一次蜕变。我已不再是那个长不大的孩子了，警醒的目光里也不再是满目葱茏、春意无限。自然，也不会是冰天雪地、万木萧瑟。我只是冷静地重新打量这个世界。于是，我的文字，我的画作，多了一分沧桑，一分沉着，一分劲道。而唯一没有变的是心气依然很高，目光依然纯净。

风中竹，横涂竖抹，笔意草草，不拘形似；雪中梅，一反以疏瘦横斜为贵的传统，浓墨重彩，云蒸霞蔚。写雪不着一痕，写花极尽丰腴。我用绘画和文字热烈地将心中的态度和精神传达出来。

目录

第一章　风声　歌声　马蹄声

第二章 珠江 黄河 泰晤士河

第三章　阳光落地的声音

第一章

风声 歌声 马蹄声

亲爱的孩子，请你记住，

在一个晴朗的夜晚，

有个诗人为你写诗，有个画家为你画画。

——张怀存

我们仁

我在家排行老二，大姐比我大三岁，皮肤又嫩又白，眼睛大大的，一身书卷气，非常美。小妹比我小三岁，刚好跟大姐相反，小眼睛，麦色皮肤，长得一般。我呢，除了皮肤白皙一点，用奶奶的话说，丑尕蛋。我们姐妹仁都喜好读书，但那时候的书和杂志非常少，尤其在我们偏远的高原地带，课外书少得可怜。因此，家里书柜上的那些书，被我们姐妹三个都翻烂了。住在西房里的三哥总是弄来很多书，每次都约莫一大纸箱，但也不够我们看一个月。如果有新书来，我们姐妹三个会相互争抢，拿到手了就不分昼夜地读，躺在被窝里读，有时候拿到了好看的书，一读就到了大半夜。母亲总以为我们三个在做家庭作业，一直心疼地跟父亲和奶奶说，孩子们太辛苦了。为此，母亲常常让父亲来催我们早点睡觉。父亲知道我们三姐妹在看小说或是杂志，他蹑手蹑脚地走过来，把食指放在嘴边："嘘。丫头们快收起来，明天再看。如果给你妈妈知道了你们熬夜看小说，一定会生气的。"我们三个相互叹一口气，没有办法，只好等天亮起床，去院子的白杨树下读书。

姐姐和妹妹喜欢在白杨树下，朗诵或是背诵课文里的古诗词、散文之类的。而我一定是窝在一棵树下，全神贯注地读《烈火金钢》《第二次握手》《野火春风斗古城》等等。一个早上，一口气读完一大半。小时候我读书的情景可以画成一幅画，父亲和母亲经常这样说。因为每个早晨我都会赖床，在床上磨叽几分钟，等我爬起来时姐姐和妹妹早已经吃好了早餐，带着课本钻进杨树林里了。我记忆最深刻的是我们姐妹仨在寒冷的冬季里读书的情景，天蒙蒙亮，母亲就叫我们起床。窗外的白杨树看上去像一座座小山，黑黝黝地矗立在院子里，菜地里的草和土块上凝结着一层厚厚的霜。窗内火炉烧得很旺，母亲早已经煮好了荷包蛋放在餐桌上，还有母亲亲自烙的烫面饼子，整个屋子都散发着鸡蛋和麦子的清香。我们姐妹仨端起碗呼啦呼啦两三口扒拉完荷包蛋，盘子里的烙饼也在我们喝汤时消灭得一干二净。这时候窗外的天开始亮了，我们姐妹仨拿着各自需要的书，直奔田野。我们捧着书在离家不远处的畦埂上来回地走着看，一会儿双手放背后，仰首望天，一会儿又俯视在书上，念念有词，不远处的田野里也有许多小脑袋晃来晃去，估计就是邻居家的伙伴们。

那时候的我们纯粹不知道读书要干什么，但是读书带给我们的快乐真的是用言语都无法表达的。我很崇拜姐姐和妹妹能认真地背诵课本，她们通常把课文里的古诗词和散文背得滚瓜烂熟，每年期中期末考试的成绩都在年级里排第一或第二。尤其姐姐，她人长得漂亮，学习成绩又好，是我们学校的校花。姐姐最害怕我去她的班里找她玩。小时候的我一头金发（褐红色，在阳光下闪着金色的光），眼珠子也是褐红色的，关键是我会站在姐姐的教室门口，拉着长长的嗓门对着姐姐喊：蘑菇。蘑菇是姐姐的乳名，据父亲说姐姐出生的那一年，我家院子里、后山坡的田野里长满了野蘑菇。这种蘑菇非常稀奇，人们通常是花费很长的时间到很远的田野和很高的山坡上才能摘得到，因此，姐姐出生的那一年，父亲和母亲以及乡亲们都说真的不寻常。但是，姐姐觉得这个名字很土，她不希望大家叫她蘑菇。我每次这样到姐姐的教室门口大喊她的乳名，姐姐就会躲在课桌底下或是同学身后，不出来见我，她知道我赖皮。等放学回到了家里，姐姐就会拿着自己心爱的水果糖之类的，来收买我，她哄我说："尕蛋，求你了，不要到我的教室找我，也不要对着我的同学们喊我的乳名，求求你。"我吃着姐姐的糖果坏坏地笑着看着她不作声，姐姐就乖乖地拿出《西游记》《少年文艺》等她收藏的心爱的书。我两眼放光，拿了书就跑，一边跑又一边喊：

"放心吧，姐姐，我不会再到你的教室门口大喊你的名字了。"我得到了糖果也得到了我想要的书，简直高兴坏了。姐姐永远都不知道，我去她教室门口大喊她的乳名还有一个原因，就是想让她们班的同学知道，我是她妹妹。

妹妹知道我的脾气，每次拿到新的书，她都会主动拿给我，一直耐心地等我看完再给她。父亲和母亲对我们姐妹仨期望很高，管得也很严，而母亲因为我平时调皮捣蛋，对我格外严厉一些。她常对我说的一句话是："你要好好读自己课本里的东西，考试成绩争取赶上你的姐姐和妹妹。"母亲的话经常由我的左耳朵进右耳朵出，不管我的学习成绩如何，父亲和母亲总是笑嘻嘻的："尕蛋尽力了！"

现在想来，我们小时候，母亲对我们姐妹仨的管教已经够开放的，尽管有的时候也很严厉。

如今，每当我们姐妹仨聚在一起，聊得最多的还是有一次我被母亲逮着看小说时，追着我满世界跑的情景。我那时真的害怕了，姐姐和妹妹说，看见母亲发那么大脾气，我是撒开脚丫子就跑，等母亲反应过来，我已跑到奶奶的屋子里藏起来了。母亲拿我没有办法，估摸着母亲气消了，我才大摇大摆地从奶奶的屋子里跑出来。姐姐不会有被母亲逮住看小说的时候，所以她不需要跑。妹妹偶尔被捉住了也是被母亲原谅了，谁让她是家里的老幺呢。

父亲和母亲对我们这种宽松的爱，让我们姐妹仁不仅在学校里各门功课成绩优秀，而且每年讲故事比赛或是作文比赛，我们姐妹一定会拿到名次，尤其我，每次学校的演讲和作文比赛，那一定会稳稳地拿第一。最让我开心的是，姐姐因为长得好看，学校的男同学几乎每天放学都会跑到我家里去玩，姐姐早就不知躲到哪里去了，这下乐坏了我，正愁着没有人来玩爬树和跳格子的游戏呢，这一帮男同学的到来着实让我高兴坏了。从此之后，找姐姐的男生们都成了我的伙伴。姐姐放学回家主动打一声招呼就进到自己的房里学习去了。父亲看我常常跟男生们玩在一起，非常不乐意，但是奶奶和母亲都认为没有什么，因此，父亲也就睁一只眼闭一只眼了。

有一次，我们玩爬树游戏，伙伴们分成两小队，比赛同一时间看哪一组爬的树多而且爬得高，输的一方就要背着赢了的一方绕着院子走一圈。有个高年级的男生要赖少爬了一棵树，当我们集中在一起时，他要我背他走一圈，我转过身示意他爬上来，等他爬上来时，我一下子把他甩了出去。他的头磕在了一块石头上，顿时头破血流。他用手一摸看到血时"哇"一声大哭起来，我们也都被他头上冒出的血吓坏了，我的脑子也是一片空白，我感到暴风雨就要来临，身子像风中树叶似的，瑟瑟发抖，伙伴们也吓得哇哇大哭起来。我恐惧地盯着他头上不断涌出的血，我的眼泪出来了，就像窗上的雨水不断地流，直到父亲赶来把他送去了附近的医院。

　　自从我的小伙伴被甩出去磕破头以后，我好长一段时间都开心不起来，也不愿意到外面跟小伙伴们玩游戏，放学回来就把自己关在屋子里看书。有一个下午，父亲带着那个高年级被我摔倒的男孩推门进来，我看到他头上的白纱布已经不在了，父亲拉着我的手，轻轻撩起了伙伴的头发，我看到已经愈合了的伤疤，一个小十字疤痕，对方笑着说："没有关系的，你又不是故意的，再说那天是我耍赖。"顿时，眼泪又从我的眼眶里跑了出来，我长长地舒了一口气。

　　多年以后，当我再见到他时，他已经是西北设计院的一名工程师了。

黄河边上

　　尕蛋的家，出门不远就是黄河，是漠北草原祁连山人家。祁连山脚下有一个地方叫三川，三川又分为上川、中川和下川。尕蛋的家就在中川。

　　黄河紧贴祁连山大地，沿着三川大地一路向北，从上川流进中川再到下川。就这样，黄河岸边接近房子的地方都有一座桥，用一些粗壮的木头搭建起来的拱桥，木桥边有许多树，白杨树、柳树等。这些树像画似的映在河面，黄河边上大大小小的房屋，好似水墨线条，围绕着黄河盘踞，十分好看。其间有一栋大木屋房子在这些房子中间，显得格外醒目，这一栋房子也是这里为数不多的四合院。从大门进入，左右两边是东西房，中间是堂屋和大梁柱子。尤其中间那六根粗粗大大的柱子，原木色格外地美。院子里的小花园把东西两房和中间堂屋衬托得格外美。花园里除了绿绿的草地，还有各种各样的鲜花，尤其是玫瑰花。每当花季时节，院子里便飘荡着浓浓的玫瑰清香。

这是尕蛋的家，尕蛋小时候的院子也在这里。

尕蛋家的院子里总是开满了五颜六色的花儿，不管春夏秋冬，她的父亲总是把各种不同季节的花儿们种植在院子里。最起眼的还是那一排钻天高的白杨树。每当到了寒暑假，大人们都上工去了，尕蛋约上小伙伴们成群结队在院子里爬树玩耍，白杨树成了他们童年最好的伙伴。放学后，尕蛋和小伙伴们在院子里爬树，是每天必做的事。他们先从大一点粗一点的树开始爬，每棵树都爬一遍。一圈玩下来大家都累得气喘吁吁，大家的胳膊和手脚被树枝划得个五花八门，有的还被划破了皮。即便这样，大家还是玩得忘乎所以，到了晚上吃饭的时间，大家就散了，各自回家吃饭睡觉，第二天继续玩儿，重复一样的游戏。

尕蛋家的院子后面有座小山坡，小山坡下有个小山洞，从这一头贯穿到那一头，弯弯曲曲的。这个山洞也成了尕蛋和小伙伴们探险的好地方。他们经常每个人手里拿一根木棍，在木棍顶部缠上一些棉花，还有小手电筒，一行人浩浩荡荡在山洞里穿行，大声唱歌，非常热闹。日子一久，山洞的墙壁和地上的石块被他们这一伙小孩玩得光溜溜的。

山洞前都是堆积如山的乱石和碎石，上面生长着一些小草和小树，尕蛋和伙伴们常常因为石头缝里的几株小草而兴奋不已。他们有的时候也会带一些花儿的种子撒在石头缝里，然后每天盼望着种子发芽，他们用各种方法保护自己的种子，比如浇水，施肥，有的小伙伴在自己的种子上撒尿。果然不出所料，过些日子，石缝里会长出许多野花和小草。

头上是蓝天白云，脚下是干净的碎石坪，四周有稀疏、高矮不一的灌木丛以及远处咆哮的黄河水，还有尕蛋家院子里的白杨树，随着午后的风儿左右摇晃，发出窸窸窣窣的声音，听上去很舒服，野趣横生，带有一点儿神秘。

晚上是尕蛋最享受的时光，猫猫安静地窝在尕蛋的脚边，呼噜噜呼噜噜打着鼾，月光从院子里高大的白杨树的叶隙间钻出来，从窗户照进来，照得墙壁上斑斑点点，还有黄河怒吼咆哮的声音。她会拿出自己喜欢的书，听花园里的风声，还有阿奶转珠和念玛尼的声音，阿大和阿妈低声聊天的声音，偶尔传来姐姐蘑菇和妹妹蛋娃翻书的声音，每一丝细微的声音都是那么地温暖和熟悉，这一切都是尕蛋最快乐的时光。

阿大的窗台

"金窝银窝不如自己的狗窝。"尕蛋的阿大每天回到家盘腿坐在炕上，拿出卷烟纸，打开烟叶盒子，慢悠悠地倒出烟叶子，一边卷着烟条一边朝着黄河的方向说，快乐地宣称，"我就喜欢这里，以后哪儿都不去"。

堂屋的炕很大，堂屋的门窗也很大。尤其是阿大设计的窗户。为了每天用最好的视角看窗外的风景，阿大特意把他的窗户做得很大，几乎跟门的大小差不多，而且都安装上了玻璃，整个儿看上去明亮、宽敞。堂屋的那一头一扇宽阔的门，加上像门一样大小的窗户，整个房间看上去像一个演奏大厅。窗框和门框都是用从祁连山运下来的松木做成的，不上油漆，只涂上一层亮油，这样色调就跟木屋整个融合在一起了，每天散发着木头的味道。

尕蛋的阿大长得又高又大，留着一撮小胡子，眼睛炯炯有神，笑起来真是迷人。加上他会画画，吹笛子，又会剪皮影戏，会放电影，所以，黄河边上没有一个人不认识他。

尕蛋有一个姐姐，叫蘑菇。原因是姐姐出生的那一年，黄河边上的树林里全是蘑菇，又香又甜的大蘑菇。尕蛋还有一个妹妹叫蛋娃。三个孩子中，数尕蛋最调皮。她经常站在高高的窗户边，望着不远处的黄河水，还有黄河上的小桥，心想，如果去桥上睡一个晚上，那一定会发现黄河的许多秘密。当她把这个想法告诉阿大时，阿大说："不行！"口气很坚决。"那你每天给我讲讲关于黄河的故事。"尕蛋也顺势提出了自己的要求。阿大愣了一下，说："哎哟，原来纳（我）的丫头是预谋好的呀，不就是想知道黄河的秘密吗？阿大你哈每天抽时间咯给你说啊。"尕蛋咻咻笑着扑进了阿大的怀里。她就是一门心思想知道为什么黄河不休息，夜以继日都在流淌，有的时候还会咆哮。从此，尕蛋晚上临睡前都会听到阿大讲的故事，与黄河有关的故事。

阿大每天都喜欢在自己的雕塑工作台前玩一会儿泥巴，每当累了阿大就盘腿坐在炕上，面向窗台坐，有时眯着眼睛，有时闭着眼睛，脸上的表情是那么地享受。

尕蛋也学着阿大的样子坐在窗台上。看看阿大的泥巴作品小狮子，看看窗前凝视的阿大，看看不远处咆哮奔流的黄河，天马行空地开始乱想。白天黄河水被太阳照射得波光粼粼，到了夜晚则显得格外深沉。如果遇到起风了，它就开始咆哮不停。黄河边有一片绿绿的柳树林和白杨林，那里经常停放着两条简陋的小木船，如果不是远方的亲戚朋友们过来，小船就一年到头都停在那里。

两条小船是用来接送从黄河那边过来的亲戚朋友的，每年用上两三次，船桨还是阿大用家里上好的原木做成的。每当用力划过时，那哗啦啦的声音，非常好听。从黄河的这一头到那一头，来回需要两三个小时，因此，尕蛋总是盼望南边的姑姑一家来做客。

"太美了！"阿大看着尕蛋的神态说，"以后纳们搬家了，你会想念这达些里吗（家乡话）？"

"当然会想这里。"尕蛋不假思索地对阿大说。

阿大听了尕蛋的回答哈哈大笑，他那疼爱的眼神扫了她一下又回到了他的泥巴那儿，嘴角挂着暖暖的笑容。尕蛋看着阿大玩泥巴的神态也很兴奋。

这时远处传来火车呜呜的鸣笛声，阿大说："火车进站了。"尕蛋更加高兴了，她觉得阿大跟她一样，很是喜欢火车经过黄河的样子。从阿大的窗户这里望过去就可以天天看到火车，看见火车从黄河边上不远处开来，每天轰隆隆开过去，又轰隆隆开回来，有的时候还远远停在那里，尽管只有几分钟时间，但也让这个小小的村镇非常热闹，最有意思的是还可以看见列车长站在车厢门口和大家打招呼。

　　火车日复一日年复一年地经过黄河，经过尕蛋家门口，那一闪而过的绿色身影和那一声声长长的鸣笛声，尕蛋认为是世界上最美的风景和最美的歌声，它跟黄河的咆哮声一样神奇而有力量，这是尕蛋内心深处的秘密故事，直到长大了的今天，想起那道绿色的影子，心里都会念想上好大一阵子。

　　当然比较多的时候，阿大在自己的房间，站在窗台前面对着黄河抽烟，一边吹风一边看远处的火车沉思。阿大之所以做大大的窗户就是想一家人坐在一起，透过大窗台，都能看到远处的黄河以及黄河边上飞驰而过的火车，还有那远处隐隐约约的山峰。

阿妈的园子

家里的园子是尕蛋阿妈的最爱，虽然她没有学过园艺技艺，但是在她手里就没有种不活的植物。久而久之，尕蛋家的园子就变成了一个小型植物园。每当市场和邻居家有了新的花儿品种或是水果品种，阿妈一定会想方设法弄到花儿的种子或是水果的树苗，她会不厌其烦地跑市场赶集，把她喜爱的种子和树苗抱回家。

阿爷说当初在建房子的时候，阿妈就提出要一个园子：园子的墙要用红砖垒起来，园子里还要铺上两条小青石板路，隔着院墙要种上几棵白杨树，靠近屋子的地方种上杏树、梨树和苹果树。阿爷都是按照阿妈的要求给她做了一个大大的园子，高高大大的白杨树，像大伞一样撑开的杏子树，还有梨树和苹果树，每当春天到来时，阿妈的园子就是一道风景。牡丹、大丽花、格桑花以及从草原上飘来的各种叫不出名字的花等等，开得满园都是，阿妈为了护理她的花花草草，总会在园子里忙碌上一整天。

阿妈的园子里，还有很多宝藏，每天的饭桌上都有阿妈从园子里拿过来的蔬菜，比如水灵灵的红萝卜，脆甜的黄瓜，嫩嫩的小白菜，什么都有。园子不知不觉成了尕蛋一家人最期待和最喜欢的地方了，也成了阿妈挂在嘴上的甜蜜。她蹲在玫瑰花架下，悉心地修剪枝条，给刚刚出土的小葱浇水，坐在白杨树下的阴凉里缝补新袖套，或把小收音机放在园子墙上，听她喜欢的电影话剧，听新闻和歌曲，看书、打盹、发呆。

尕蛋姐妹仨最喜欢的时光就是听园子里阿妈和阿奶拌嘴，阿奶嫌阿妈待在园子里的时间太长了，身上都是脏兮兮的泥巴，说阿妈是个花痴，哈丫头（坏丫头）。阿妈听了很不高兴地说："木纳种下的果子哈，哦些子你不吃。（那我种下的这些水果、蔬菜你都别吃了。）"

"我就是喜欢在园子里转圈儿，打发时间。"晚些时候，阿妈对阿大说，"我想念小时候的那些花儿，所以我在园子里种了好多好多小时候的花儿，玫瑰花、大丽花、向日葵、格桑花、小野菊等等。我心想，如果我把小时候的花儿们都种活，她们就又回来了。"

阿大听得眼圈有些红了，安慰阿妈说："不要计较阿奶的唠叨，她也是疼爱你的。"

这时候，阿妈总是会瞪上阿爸一眼，丢下一句"我知道"，然后悄悄地离开。阿妈心里明白，实际上阿奶也是疼她的。

每当尕蛋说到家里的园子，肚子里的吃食虫就被唤醒了，鼻尖也隐约飘来了阿妈的饭菜香。阿妈每天都会在她的园子里消磨一会儿，然后会把当天的食材准备得足足的。饭桌上几个丫头们七嘴八舌地讨论饭菜，香滋滋地吃着她准备好的饭菜，阿妈就偷偷乐。其实烧菜做饭也是阿妈的拿手手艺。如果家里有谁愁眉苦脸地对一桌子饭菜说"我不想吃"，或者"我吃不下"，阿妈就会拿出她最好的东西，腌制的浆水菜，然后尕蛋姐妹几个就抢着吃，阿妈看着她们几个细嚼慢咽而有滋有味地吃饭，很享受。

阿妈的厨房用具都很讲究，中间横排放在灶台上的大案板，都是阿爷用上百年的一整块松木做成的，表面被刨得光滑细腻，泛着金色的光。灶台上一排两组的炉台，镶嵌在红砖中间，旁边是高高竖起的木头架子，此外还有放水果蔬菜用的大盆子，无论什么时候站在这里做饭，都令人感觉很舒适。

"我喜欢在厨房里的时间，在这里做饭做菜是我的享受。"这是阿妈经常挂在嘴头上的一句话。

阿奶听了这句话满不在乎，她对阿大说："当年你把厨房做得这么宽敞，就是为了你的别日（媳妇），你把她惯上天了。"阿奶脸上挂着甜甜的笑，"还好，这饭菜实话（真的）香啊。"

阿大脸上透着灿烂的笑容欢快地说："阿妈，你的别日是我们家的福星。"阿奶脸上挂着暖暖的笑意，此时，家里的每一个人都是那么地可爱温暖。

阿奶常常说阿大是世界上最不讲道理且最幸福的人。

"我的儿子是鹰。"这个时候，阿爷会揣着烟锅子不紧不慢地从里屋走出来。

阿大和阿妈相视一眼，同时开口问阿爷："为啥子是鹰啊？"

阿爷抬头看着阿大和阿妈还是一脸的笑："因为对于鹰来说，家和别日是最大的。看着他们都是一种享受啊。这就是我们家里永远都这么温暖的原因。"

阿大和阿妈听了阿爷的话都不约而同地哈哈大笑。这时，尕蛋像只小狗狗一样蹦蹦跳跳冲进来，她边跳边大声地喊着："我也是家里最大的！"她的嘴巴张得好大，大眼睛直直看着阿奶，朝阿奶扑过去，平躺在阿奶的怀里，阿奶用手捏了一下尕蛋的小鼻子，全家人在尕蛋的"哎哟哎哟"声中哄堂大笑。

在尕蛋的记忆中，阿妈的园子和厨房是一家人笑声最多的地方，一家人的许多故事都发生在阿妈的厨房和阿妈的园子里。

墙上的画

孨蛋的房间在西屋。

以前她不喜欢这间房子，因为她偷偷看小人书，常常被姐姐蘑菇和妹妹蛋娃告状，不管她把书藏在哪里，阿妈总是第一时间就能找得到，一点都不好玩。所以每天放学回家后，她会直接去院子里的白杨树下，躺在树底下看小说，把写作业的事情抛在脑后，她拼命看自己喜欢的课外书，直到阿妈喊她回家吃饭，才依依不舍地收拾书包。

西屋里还住着孨蛋的姐姐蘑菇和妹妹蛋娃。整个房间只有一张书桌，基本上都给姐姐蘑菇占用了，即便姐姐不在家，也是被妹妹蛋娃占用着。所以，孨蛋不会把书包放在书桌那里，她喜欢把书包往床上一扔，然后倒出书包里的所有东西，书本、练习册、尺子还有黄河边上捡的小石子等各种东西，一股脑儿都倒在床上，然后趴在床上写作业。每个下午放学时，姐姐蘑菇就坐在书桌边写作业，妹妹蛋娃紧挨在姐姐旁边，像一只小猫。尕蛋长长地趴在床上，像一条毛毛虫。

每天到了晚上，蘑菇和蛋娃规规矩矩按时上床钻进了被窝。尕蛋整理好书包，一溜烟跑去了堂屋，堂屋的炕上邻居大浦阿叔已经开始讲《水浒传》的第三段。时间过得超快，一眨眼就到了深夜两点，阿妈和阿大开始用各种办法让尕蛋回西屋睡觉，尕蛋总是想办法用各种理由搪塞。那时候，每天晚上睡觉都觉得浪费时间，因为睡觉也错过了许多故事。睡梦中全是《水浒传》里的一百零八好汉。

后来，尕蛋在堂屋和西屋之间不断地来回跑，不知不觉地深爱上西屋。

"西屋是她们三姐妹的世界。"阿妈经常这样说。

"是的，西屋里有我们姐妹仨成长的记忆。"尕蛋说。

无论春夏秋冬，三姐妹躺在炕上，眼睛望着窗外深邃的天空，尤其是夜晚那点点繁星和那一轮圆月或是弯月。关于星星，尕蛋三姐妹有许多幻想和许多故事。月光均匀地洒在院子里绿绿的青草地上，风吹来，一切都感到很朦胧。不知道有多少次，尕蛋把院子里的各种花儿亲手用画笔画在白白的纸上，草丛中开出几朵零星的小花，还有许多小蝴蝶，然后，她把这些画全部用糨糊贴在墙上，不管谁走进来，一定会看到墙上那些漂亮的花儿。每次走进西屋，尕蛋总会情不自禁大声地唱歌，蘑菇和蛋娃都笑嘻嘻地看着眼前的一切。

突然有一天，尕蛋发现阿大经常来到西屋，对着墙上的绘画各种开心。跟她一样会忍不住地兴奋。

墙上的画里住着一个小女孩，她在花丛中跟蝴蝶、猫猫、小鸟捉迷藏，穿过花园西边和南边，一次又一次地跟花儿们拥抱，跟猫猫碰头，有的时候小女孩穿过花园，跑进尕蛋的房子里藏在画笔中间。

尕蛋的画笔和画纸是小女孩的舞台。她站在那儿放开喉咙唱着歌儿。

她大声叫天上的小鸟："小鸟，小鸟，快来呀。"

她向握住画笔的尕蛋喊："窗外的白杨树上有一只乌鸦在唱歌。"

另一个画面，小女孩穿着紫色的雨衣，在花园里跳舞，她随着风儿的歌声翩翩起舞，她一直在跳，不停地跳，小裙子都变成了一个小圆圈。尕蛋的阿大就喜欢站在窗前，看尕蛋画的这些画儿，有的时候在尕蛋的屋里会待上个把小时。

每次看完尕蛋贴在墙上的绘画作品，阿大都会对着尕蛋说一句："以后画画时一定要叫上我。"尕蛋却笑嘻嘻地说："阿大，我要去黄河边骑马。"

发现宝藏

　　秋天到了，收割后的麦田，一下变得空旷起来，一眼望去，田野尽收眼底，既有清新的感觉，又让人生出辽阔的畅想。尤其是晴天，云低低地在头上飞过。天空很蓝很近，外面一群小伙伴，像是放飞的小鸟，一边在田野里奔跑，一边拾麦穗。

　　麦地里满是麦穗。

　　秋天时节的麦子都已熟透了，麦穗金灿灿地挂在麦秆上，当人们用手拔麦子或是用镰刀割麦子时，熟透的麦穗会掉在地里，这让放学回家的尕蛋她们多了一份乐趣。

　　尕蛋从这一块地跑到那一块地，挂在肩膀上的小兜兜不一会儿就装得满满的。最开心的是，她们拾麦穗期间，总会遇到许多意外的惊喜。

　　有一年，在邻居家拔完麦子的地里发现一抹新绿，一株绿绿的小苗一样的家伙蹿出地面，探头探脑，小树叶在风中轻轻地摇晃着。

"是杏子树。"

小伙伴们同时大叫起来，一大串喜悦从远处蔓延开来，尕蛋和小伙伴们叽叽喳喳地开始打小算盘，看这株小树苗落到谁家院子里。

伙伴们围成一个圈，很多颗小脑袋从四下里围聚过来，两手搭在隔壁伙伴的肩膀上，口里喊：一二三，开始转圈。学蒙古人摔跤那样，看谁先出局，转圈到了最后，还站在原地没有晕倒的家伙就是赢家，当然，小杏子树苗也就归赢家了。

每次玩转圈游戏尕蛋都会输，所以，尕蛋索性不加入伙伴们的游戏，就站在边上做裁判。这样的事，每次赢的都是隔壁家的尕来，因为他的个头高，人又瘦，所以，每次转几圈下来，他都没事一样的。看他趾高气扬地从地里小心翼翼地挖出小树苗，放在胸前的挎兜里，尕蛋和伙伴们眼里全是羡慕。

瞧那小树苗——叶绿而茎紫，精细而娇弱，像一个小小的婴儿，它在尕来的挎兜里轻轻地摇摆着，像是在咯咯地笑，似乎很开心的样子。尕来也跟小树苗一样，开心得满脸都是鲜花。

就这么一棵小小的树苗，能让大伙在麦穗地里高兴上一整天。

那时，许多人家里都有杏子树，每年秋天，伙伴们都会在自己的裤兜里装上几粒金黄金黄的，像鸽子蛋一样大小的杏子，大伙聚在一起，相互炫耀一阵，然后交换杏子，开吃后，评头论足，最终都认为尕蛋家的杏子是最香最甜的。所以，在麦穗地里，大家都一致认为，这棵小杏子树苗是从尕蛋家的院子里来的，就是说有人吃了尕蛋家院子里的杏子，然后不经意间把杏子核丢在了田野里，刚好就是发现小树苗的这里。

不管怎么样，第二天，小杏子树在尕来家的院子里安了家，尕来每天都悉心照顾，每天都会趴在地上，轻轻地，轻轻地给小杏子树浇水，如果看见小叶子的脑袋耷拉下去了，尕来整天都开心不起来。白天在学校上课，他都要偷偷跑回家去看看小杏子树。过了不长时间，杏子树从泥土里钻出来了一大截子，都可以看见小小的树干了。尕蛋和小伙伴们也高兴坏了，每天放学回家都结伴去尕来家看杏子树。大家会叽叽喳喳地讨论，再过几年，大伙围坐在杏子树下，看着一树的杏子，直流口水。

一年又一年，当年那棵幼小的杏子树，终于长成了大家心中的模样，它开出的花儿茂密极了，不久之后也结出了许多许多杏子。这棵杏子树也成了许多年以后各奔东西的小伙伴们回到故乡时聚集的地方。

心中的乐园

一

尕蛋家大门口有一个很大的涝坝（水塘），像是一个大池塘。涝坝边就是一口很大的井，井水清澈甘甜，人们每天就是用这口井里的水做饭、喝茶、洗衣服。涝坝的水也是清凉清澈，除了给牛马羊饮用，就是一伙孩子嬉戏的地方。

尕蛋常常说："涝坝让我时常魂牵梦萦，我儿时的夏天好多时光在那儿度过。"

涝坝有篮球场那么大，四面都是红石头，围成不规则的形状，看似圆形又似椭圆，也像长方形、五边形，这些都不重要，重要的是它很大，里面的水除了下雨天涨水带些浑浊，其他日子里都是清澈见底，像块宝石。它的源头就是水井，一年四季都有活水，常常让人想起"问渠那得清如许，为有源头活水来"。

盛夏开始的时候，这里热闹极了，二十几个小伙伴在水里扑腾，嘻嘻哈哈打闹的声音，很远之外都能听得见。叮叮咚咚的山泉从马路对面的山上流下来，流进涝坝。尕蛋和小伙伴们口渴时就冲到井水出口处，用手当小碗把水掬在手心里再送到嘴里，那种沁人心脾的甜，直到现在想起来都会吞咽口水。

无论是早晨还是晌午总有人在井边打水歌唱，唱青海花儿。那声音悠扬婉转，好听极了，尕蛋常常会竖起耳朵认真地听，她想知道大人们在唱什么。

尕蛋的阿妈怕水，加上尕蛋又调皮捣蛋，所以她对尕蛋管得紧，如果尕蛋在涝坝里玩久了一些，她的阿妈一定会找上来，或者让姐姐蘑菇和妹妹蛋娃来喊她回家，许多时候，尕蛋都是非常不情愿地回到家里，忍受无限的煎熬。

这个时候，就听见阿奶说："瞧，尕蛋的嘴上可以拴一头驴了。"

一家人听了哄堂大笑，尕蛋眼泪汪汪地看着阿奶，希望她能收回刚才那句拴驴子的玩笑话。

阿奶走过来轻轻拍了一下尕蛋的脑袋："哎呀！怎么舍得在我尕蛋的嘴上拴驴呢，就挂个油瓶算了。"

大家继续大笑。

好吧，油瓶总比驴好多了，尕蛋也笑了，脸蛋上还挂着滴滴泪珠。尕蛋心想，反正今天很快就结束了，明天放学后又和伙伴们在涝坝里玩水了，想到这里尕蛋的心里就舒坦了。

早晨，尕蛋家的马匹都要去涝坝那里饮水。尕蛋特别喜欢那匹枣红色的大马，还给它起了一个好听的名字——影子。每个早晨，影子要去饮水时，尕蛋就骑在它背上，嘴里哼着连自己都不知道从哪里学来的歌，影子喝水的时候尕蛋都舍不得从滑溜溜的马背上下来。尕蛋还常常给影子编辫子，把马儿脖子上的马鬃梳成好几条小辫子，可好看了。

阿奶总是担心尕蛋从马背上掉下来，每次看见在马背上摇摇晃晃的尕蛋，就会扯住嗓子喊："我的老天爷呀，尕蛋你这是吃了龙胆，你就不怕摔下来吗？"看尕蛋没有反应，阿奶就会去找尕蛋的阿大和阿妈，等到大伙出来找她时，尕蛋和影子已经跑得无影无踪了。

每天几乎都重复着同样的场景，尕蛋趴在影子的背上沿着涝坝和井台转圈，等玩累了，把影子牵回家，然后和小伙伴们一溜烟冲到外面，一会儿在水里，一会儿在井边，玩各种游戏，捏泥巴，从水塘边上的小水坑里挖红泥，丢手绢，老鹰捉小鸡，其乐无穷。

有的时候大人们在涝坝边上洗衣服，尕蛋就和小伙伴们藏在浅水处，无数双小脚脚把水花儿溅起足有一米高，然后就听到大人们一通嘻嘻哈哈的骂声。用脚丫子撩起的水花不够，还用小手拍打水，撩起来的水花从四面八方落下来，就像乐谱上跳动的音符。那些被阳光穿透的水花儿，看上去晶莹剔透，闪烁着五彩的光。

许多年以后，当尕蛋大学毕业后，在自己的教学和绘画作品中对色彩有了一种特殊的感情，她把儿时记忆中闪烁的那些色彩，全部用文字和绘画的形式记录了下来。同时她也爱上了钢琴和小提琴，尕蛋说她是一个幸运的人，爱上绘画和音乐，跟小时候在涝坝里拍打水花和五彩的阳光有直接的关系。

有一次，放学回家后，尕蛋先是骑着影子去涝坝饮水，到了水塘边，她一骨碌从影子背上滑下来，跳到水里，玩得忘乎所以甚至忘记了带影子回家。阿奶找到涝坝边，她从一堆小脑袋里认出了尕蛋，那双像鹰一样的眼睛直直地看着尕蛋："尕蛋，尕蛋！影子去哪里了？影子不见了！"尕蛋本来想蒙混过关，不把小脑袋从伙伴们中间伸出来，一听影子不见了，脑袋一下子就大了，一个鲤鱼跳跃光着屁股爬出了水塘，也不知是哪来的勇气，并不理会小伙伴们的惊叫声，一口气跑到井台边上，拿了衣服裤子就跑，尕蛋知道影子去哪里了……

尕蛋朝麦田跑去。

到了不远处的麦田，很远就看到影子和它的伙伴们像是在麦地里啃着小苗苗，快乐得尾巴一甩一甩的。

阿奶跟在尕蛋的屁股后面，远远地就听见阿奶的声音："你这丫头，今天可闯祸了。"

不知道是汗水还是井水顺着尕蛋稀疏的金黄色头发往下流。她不停地用小手照着脸往下一抹，继续向前奔跑。她似乎看见影子吃麦田里麦苗的欢快劲儿，尕蛋心里那个着急。这时，一个熟悉的背影就坐在田埂上，长长的辫子，是姐姐蘑菇，尕蛋心里一阵惊喜，飞奔到了姐姐跟前。蘑菇正悠闲地翻着小人书《红楼梦》，她见尕蛋湿淋淋的模样，咯咯地笑了起来，笑声清脆得像是山上流下来的水声，回响在麦田的上空："害怕了吧，你以为我们家的影子在吃麦田里的麦苗啊！"

这时，阿奶也赶过来了，看见姐妹俩，瞬间露出了释然的笑容。因为，影子和它的伙伴们正悠闲地吃着田埂上的青草，尾巴一甩一甩的。地里的麦子们绿油油地在风中摇曳着，发出"嘎嘎嘎"的笑声。

从此，尕蛋每天会准时带影子去涝坝饮水，然后再骑着影子回到家里交给大人。

三十几年过去了，如今大门口的涝坝不见了，可它一直是尕蛋心中的乐园。

二

在尕蛋的老家，每年麦子成熟的时候正是她们漫长而快乐暑假的开始。火辣辣的太阳早已晒得她的皮肤生疼，她唯一的愿望就是吃阿奶做的凉皮子。

家里静悄悄的，厨房里也没有人影。阳光斜斜地照进来，那些光束一半儿红，一半儿绿，像极了彩虹。灶台的小平底锅里盛满了凉皮子，旁边还有煮好的青豆角。因为还没有完全成熟，所以青豆角里面的豆子是绿色的。这种青豆在没有成熟之前，里面的豆子特别香甜，豆角的皮也是清脆香甜的，这些不仅用来炒菜下饭，也用来单独生吃，味道好极了。尕蛋三下五除二扒拉完了一碗凉皮子加上一碟豆角，小肚子吃饱了，心里那个美滋滋，走出来趴在院子的台阶上睡着了。

不大一会儿，她隐隐约约听见身边有窸窸窣窣声，本能地睁开眼睛时，就见小伙伴们围住她，指手画脚坏坏地笑着。尕蛋打了一个激灵，一骨碌爬起来。从伙伴们的大笑中才知道，自己不停在说梦话，梦里还手舞足蹈。

"哎呀，不要闹了，有什么好事儿吗？"尕蛋用胖乎乎的小手揉着眼睛问大伙。

她知道，伙伴们集中在一起，一定又有新的游戏玩了。

果然不出所料，大家来征求尕蛋的意见，晚上去摘邻居家的绿豆角，准确地说是去偷摘邻居家的绿豆角。在一群叽叽喳喳的哄闹声中，确定了准确的时间，晚饭后老地方集合。

到了晚上，皎洁的月光简直跟白天一模一样。尕蛋一行十一个人，准备好了各自的袋子，浩浩荡荡向远处的田野走去。

有的人背着个小布兜，有的人拿着一个小筐，有的人穿上了带拉链且衣服下部可以扎进裤腰里的衣服，摘了豆角直接塞进怀里，又漏不了。

尕蛋把两个小裤腿用鞋带一扎，把小裤兜里面的袋子用剪刀剪开一个大口，这样豆角塞进裤兜里，然后通过裤兜的破洞，全部掉进裤腿里。这一招是从阿奶的小裤脚那里得到的启发。尕蛋的阿奶每天都会清洗小脚并用漂亮的绸缎再缠裹小脚，如果阳光好的时候，阿奶就会坐在院子里，小心翼翼地洗脚，再小心翼翼地裹脚，裹脚用的带子很讲究，都是阿妈和亲戚朋友们用上好的丝线和丝绸做出来的。每当缠脚完毕后，被阿奶缠裹着的裤腿着实漂亮。尕蛋常常想，到时候去摘豆角从裤兜全部掉进裤脚里，我也一定像扎着脚脖子的阿奶那样，走路的时候像风一样地美。

一溜烟的工夫，尕蛋一行人就跑到了离家百米外的豆角地。

邻居家的林林还在豆角地的小木屋里，月光下小屋里的煤油灯一闪一闪的，尕蛋一伙就窝在不远处的田埂下，等她离开。林林像是感觉今天晚上她们家的豆角地会被人偷似的，磨磨蹭蹭不离开。好在她家没有狗狗。月亮升高了，月光愈发明亮，就连不远处风吹着灌木树摇动的身影都看得一清二楚。不大工夫，就听见啪嗒啪嗒的脚步声，林林三步一回头地离开了她家的豆角地。

脚步声渐渐远去了，尕蛋一行一窝蜂地跑进了林林家的豆角地。豆角在月光下闪着墨绿，他们迅速地摘着豆角，不一会儿尕蛋的小裤脚就装满了。

大半个小时过去了，尕蛋一伙准备撤离，这时只听扑通一声，有人仰面跌进了小水坑里，走近一看是尕来，他在水里挣扎了几下，就爬出来了。尕蛋一伙七手八脚把他的脸蛋擦了一通，然后忍住笑跑出了林林家的豆角地……

尕来回家后，来不及把泥巴衣裤藏起来，被他的家里人发现了，先是一顿严肃的询问，然后就是大声责备。隔着院墙就听见尕来的阿妈打尕来的声音，伴随着尕来低低的哭泣声。原来，昨儿林林的家人发现豆角地里的许多脚印，便挨家挨户询问昨晚她家豆角遭殃的事，当她们到了尕来家正好撞上尕来的阿妈责打尕来，这下好了，偷豆角的乐趣一下子被林林家的责骂和尕来家的哭声搅没了。昨夜在月光下兴奋的心情全被这些懊恼占据了。

奇怪的是林林的家人没有到尕蛋家来问，在大家眼里，尕蛋家三姐妹似乎很秀气很文艺，不会干偷豆角这样的事。

晚上，尕蛋躺在床上，怎么也睡不着，尕来的哭声和尕来阿妈给林林家道歉的声音一浪高过一浪地在她的耳膜里穿行。这时，阿奶、阿妈和阿大来到了西屋，挨着尕蛋的床头坐过来，他们的眼睛里没有一丝责备。阿大依然像没有发生任何事似的，抚摸着尕蛋的头。

阿奶拍着尕蛋的小脸蛋说：

"我的尕蛋一定是有心事，让我猜猜，昨晚豆角地里一定有我家尕蛋的脚印。"

尕蛋的眼泪瞬间涌出眼眶，大颗大颗的泪滴从胖乎乎的小脸蛋上滚了下来，全部落在了阿奶的手掌心里。透过泪光，她看到阿妈笑了，阿大也笑了。

第二天一大早，尕蛋一个人跑到林林家，鼓足勇气走进了她家的院子。这时，小伙伴们都自愿聚在林林家门口跟林林的父母亲道歉。是尕蛋告诉了伙伴们尕来一个人背下了偷豆角的事。因为这件事，尕来被他的母亲狠狠揍了一顿，尕来的阿爷几天前也与林林家大吵了一架。

尕蛋和小伙伴们都很愧疚，不能让尕来为我们大家承担这么多。

时间在流逝，这些事都过去三十几年了。

现在，尕蛋的孩子都已经比当年的他们还要大。

每当跟伙伴们聚在一起聊起这些往事时，还是忍不住哈哈大笑，那种快乐无论什么时候想起来，都在。

不久之后，尕蛋离开了故乡。

记得离开故乡的那一年，她的伙伴们聚在小山坡上，大家的脸上都挂着那么两三滴水珠，不知道是泪水还是汗水，直到现在聊到这个情景，大伙儿还是搞不清楚，那一年，在那座小山坡上的她们，看着远去的列车，她们脸上说不清楚是泪水还是汗水，但有一件事是清楚的，就是大家看着远去的列车都失魂落魄似的，像是丢了一件心爱的宝贝。而尕蛋也一直没有告诉她们，那一年，当她离开家乡去南方时，从车窗里看着渐渐远去的她们，心扑扑地跳着，眼泪唰唰地流着，只听到火车的哐当声和自己大哭的声音。

尕蛋的趣事

一

　　这件事，忘了是尕蛋小时候的哪一年，记得是一个冬天的夜晚，大雪飘了一整天，到了晚上放晴了。月亮挂在半空中，圆圆的、高高的。阿大和阿妈在阿奶的大屋里聊天儿，姐姐蘑菇和妹妹蛋娃在西屋里安静地做作业，尕蛋从东屋三哥那偷了一本《聊斋志异》，躲在马厩里，躺在干草堆上，听着马儿们咀嚼饲料的声音，借着月光读得入迷。红狮不知什么时候来到了她的身边，像一个大火炉一样围住了她，舒服极了。

　　红狮是尕蛋阿大的藏獒，它个头大，站起来像一头狮子，毛发又长，完全遮住它的眼睛，而且它的毛发在阳光下闪烁着金褐色的光芒，所以叫它红狮。

尕蛋被书里的故事完全迷住了，忘记了时间。

冬天晚上的院子非常安静，尤其是雪后的夜晚，除了偶尔的几声邻居家的狗吠，一切都很寂静，就连隔壁大房里，阿奶他们聊天的声音都清晰地传了出来。不知过了多长时间，尕蛋趴在红狮身上睡着了。

梦里，蓝蓝的天空下，她沿着森林奔跑着，身后几只雪白的狐狸紧追不放，尕蛋跑啊跑啊，到了森林尽头，前面是一望无际的大海，没有退路了，尕蛋急得大哭起来……

狐狸们追了过来，包围了尕蛋，它们没有撕咬她，而是像书里那样轻轻地抱着尕蛋，有只小狐狸还不断用舌头舔尕蛋的脸，像是挠痒痒一样，尕蛋咯咯咯咯笑出了声，尕蛋被自己的笑声吵醒了。

睁开眼一看，原来是红狮在拼命地舔她的脸。原来，尕蛋刚刚做了一场梦，估计睡梦中一边跑一边大喊，红狮被吓到了，不断地用舌头舔她。

月光明亮得像是白天，尕蛋紧紧抱住了红狮，浑身暖暖的，很快又睡了过去。

蓦然间，红狮跳了起来，从喉咙里发出了一声怪叫，像猫叫，像狮子低吼。它一个向前扑去的动作，尕蛋被吓醒了，睁开眼睛，一只狐狸被红狮压在脚下。狐狸用哀求的眼神看着尕蛋。尕蛋浑身像是被电流击了一下，瞬间，她像是看到了蒲松龄故事里的那只小狐狸。红狮得意扬扬地看着她，就等尕蛋一声令下。

尕蛋知道她的一个小动作或是一声叹息都会让这只小狐狸死在红狮的利牙中。

尕蛋轻轻地摸了一下红狮的头：

"放了它，红狮。它不是来伤害我们的，估计外面冷，它是来草垛里暖身子的。"

红狮慢慢抬起它的爪子，放开了狐狸。狐狸迅速地从红狮的爪子下挤出来，它用两条后腿站起来，整个身体直立着，两条前腿交叉抱在胸前，上下摇摆，像是祈祷，像是对尕蛋和红狮的感谢，迅速消失在月光下……

尕蛋拍了拍衣服上的干草，一口气跑出了马厩。

此时，马厩里的马儿也发出了低低的呼声，似乎为刚才的情景喝彩，狐狸已经跑离尕蛋很远了，红狮懒洋洋地走在她的身后，她们穿过院子，大步踏进大屋。

阿奶、阿大和阿妈三人聊得很欢，明亮的月光从大窗户照进来洒满整个屋子，他们或坐或卧或半躺着，慵懒而又悠闲。尕蛋奔过去钻进阿奶的怀里，心仍扑扑地跳着，但到底安稳了许多。她把刚才马厩里发生的事告诉了大家，把红狮的头紧紧搂在怀里。

阿奶说："我家尕蛋善良，这一点就像你的阿大。"

阿妈和阿大听了相视一笑。

阿奶的表扬一直伴随着尕蛋长大，以后的日子里动物也成了她生活中的一部分。

受阿大和阿妈的影响，长大后成家的尕蛋，家里一定少不了猫猫狗狗。即便是现在她到了英国生活，家里依然有猫猫和狗狗，还有马儿。

英国的狐狸多，从尕蛋入住伦敦的第一天开始，她就在自己家的花园里给狐狸们放了饭盆和水盆，每天晚上她会准时把食物和水放在狐狸的盆里，狐狸由一只变成两只，由两只变成四只。它们每天晚上会准时到尕蛋的花园里等待。

有的时候，大白天它们都在尕蛋家的花园里大摇大摆地跑来跑去。

尕蛋非常爱这里，常常想起小时候和红狮在马厩里放走的那只狐狸。

那一夜，尕蛋睡得非常安稳。红狮从喉咙里发出来的那一声低低的吼叫声一直在她心里，伴随她走过童年，读完小学，读完初中。后来，从阿大那里知道，红狮那一声低低的吼叫是在征求主人命令的叫声。红狮是纯种的藏獒，是阿大的朋友专门从西藏抱来的，当时只有四个星期大的红狮，全身毛茸茸的，黑灰白杂毛，两只眼睛亮亮的像两只玻璃球。

阿大说，狗狗长大后全身的毛发会在阳光下发出褐红色，而且晶莹剔透，跑起来像一头狮子，就叫它红狮吧。这个名字大家都喜欢，长大后的红狮可真像阿大说的那样，高大威武，毛发在阳光下闪着褐红色，极帅。

红狮是这个世界上最聪明、最通人性、最忠诚、最善良的狗狗，它从来不对其他动物下死口，也不会对着邻居们汪汪叫。尕蛋之所以不能忘怀那天晚上的情景，最大的原因是那个晚上红狮一直挨着她睡觉保护着她，还有它把狐狸压在两只脚下，用喉咙发出低低的叫声，想让尕蛋醒来发令给它。当她摇头传递给它不要伤害狐狸的信号后，它那从容的神态，还有狐狸爬起来回头直立站着看尕蛋的眼神，这一切像一帧帧的画躺在她心底，宁静、安详而又温馨。

二

小时候，尕蛋对什么事都感兴趣，调皮得像一个男孩子。那时候，她把家里用过的空纸盒，比如饼干盒子等收集起来，叫上伙伴们，找到一个空地，然后用脚踩，空纸盒子会发出鞭炮一样的响声，特别好玩，孩子们管这个游戏叫打纸盒。

父亲用做花园栏杆剩余的铁条做成一个个圆圆的、大小不一的铁环，然后再做一根长长的铁杆，头部做成S形，把圆铁环滚起来，用铁杆钩住，一路追着铁环走，非常有意思，他们把这个游戏叫滚铁环。他们玩跳绳，玩弹弓，每一样都玩得津津有味，有声有色。

其中最有趣的事，要算玩弹弓打鸟了，阿大反对尕蛋这样做，虽然如此，尕蛋还是会背着阿大偷偷跟伙伴们玩弹弓打鸟的游戏。

尕蛋家院子很大，除了有一大片白杨林，还有小花园，小花园前面还有一大片空地，从大门外望去苍翠茂盛，朝气蓬勃，美得不得了。进到家里，叶声飒飒，幽深清爽，如同深入到一座天然的氧吧。清晨院子是最热闹的时候，阿奶进进出出，阿大和阿妈这个时间一定也在屋里，最主要的是鸟儿们也离巢，在第一抹霞光里扑棱，啾啾啁啁，歌唱新的一天的来临。

晚上，当太阳落山的时候，尕蛋家院子里会相对安静些，总是会听到小鸟们扑棱棱拍打翅膀掠过树叶的响声。

尕蛋迷恋上了它，不仅因为美，更因为白杨树林中的鸟儿。她时常躲在西屋里从窗户向树林窥望，鸟儿有棕褐色的画眉，灰黑的斑鸠，还有灰褐色像老鼠颜色似的麻雀，还有拇指大的黄豆雀，羽毛黑白分明的喜鹊，全身黑黑的乌鸦，鸟儿们特别伶俐，无论你怎么轻手轻脚，只要一靠近，它就会忽的一声从这一端飞到另一端，再追近时，它又转身飞回来。尕蛋是多么希望拥有它们啊，就像童话故事中发生的一样，让它们跟她一起吃饭，一起睡觉，一起去学校。

有时放学后，尕蛋就躲在院子里，一待就是几个小时。

她准备好弹弓，一个很简单的玩具，在 V 形的小树权两端拴上一条松紧带，中间部分再加厚一层，准备好从河滩上捡来的小石子，再把小石头放在松紧带上，用手使劲把松紧带向外拉，然后松开，小石头就会像箭一般飞出去，击中目标。但是，玩弹弓也不是容易的事，尤其弹鸟。

鸟儿在高高的树梢间飞来飞去，从下往上看，尽管是夕阳落山时分，但还是有阳光从头顶上照下来照得人眼花，白杨树的叶子非常密集，如果没有看准，小石头弹出去往往鸟儿没弹着，倒吓得它们扑啦啦乱飞，或者全部飞走了。

终于，有一天机会来了，尕蛋发现了一只硕大的伫立在树梢的斑鸠。时值正午，想是它也困了，蹲在树枝上打盹呢。尕蛋悄悄地摸了上去，再靠近些，举起弹弓慢慢地拉开了，瞅准鸟儿，把小石子弹了出去。只听"噗"的一声，居然中了，中了！斑鸠从竹树枝悄然跌了下来。尕蛋快步扑上去，一把抓起来。尕蛋清晰地看见，它的小眼睛扑棱扑棱地看着她，就在尕蛋抓起它的时候，哀哀地合上了眼。

"它死了，鸟死了……"

"可是，它的身子还是温热的，羽毛铮亮而润滑。"

忽然间，尕蛋的手抖起来，她打它下来就是想让它跟她玩，不是想打死它。

尕蛋开始伤心起来，心想是她杀死了它，是她让一只刚刚还是鲜活的生命就此消失。想到这里，就哭了，哭得可伤心了。

阿大听到哭声，跑了过来。他一眼看见尕蛋手里捧着的鸟儿，轻轻拍了她的脸蛋一下，从尕蛋手里接过小鸟：

"尕蛋不要伤心，小鸟没有死，它受了惊吓，需要安慰一下就好。"

阿大用手捏了捏小鸟的小腿，继续说：

"我的尕蛋没有伤到你，她就是想让你做她的朋友，来，睁开眼睛，去飞吧。"

说着，阿大把小鸟高高地举起来。小鸟果然睁开了眼睛，它在父亲的手里轻轻跳了几下，回头看了尕蛋一眼，像是在说："谢谢！"然后，扑棱棱飞走了。

尕蛋笑了，小脸蛋上还挂着泪蛋蛋。

阿大也笑了，紧紧地搂住尕蛋。

尕蛋把弹弓藏到了院子的一个角落里。从此再不玩弹弓了。

三

尕蛋从小在土堆和草原上生活，马背上长大。她和小伙伴们经常在田野里过家家。到了吃晚饭的时候，远远就听到阿奶在院子里的声音：

"尕蛋，吃饭喽。"

接着就听到伙伴们妈妈的叫唤声：

"九月花回家吃饭喽。"

"十阿哥回家吃饭喽。"

"毛蛋回家吃饭喽。"

一声声呼唤此起彼伏，煞是明亮动听。

尕蛋回到家时，阿妈已经把烧好的菜端上餐桌，阿大优哉游哉地从隔壁屋子走出来，嘴上还叼着烟斗，姐姐蘑菇和妹妹蛋娃早已规规矩矩就座在饭桌前，阿奶手里拿着念珠，也坐在饭桌的主位，尕蛋一蹦三跳地跑了过去，挤坐在阿奶旁边，一家子就这样围在一张方桌上吃饭。

阿妈不停地往尕蛋的饭碗里夹菜，尕蛋只管大口大口地吞咽，阿大时不时地和阿妈说：

"让她自己吃，瞧她吃饭的样子，一定是饿坏了。"

阿奶不时抬头瞄一眼尕蛋：

"慢点吃，你的身后有狼吗？（家乡话，意思是说吃饭速度太快，像是身后有狼在追赶。）"

吃饭的时候，尕蛋的姐姐蘑菇和妹妹蛋娃是最守规矩的了，有时听到了她们感兴趣的话题或者有关她们的话题，她们也会叽叽喳喳说几句。不会像尕蛋，一边吃着饭，一边追着大人的话不放，问东问西。阿大和阿妈总会不厌其烦地解释他们讨论的话题内容，或者解释说他们并没有讨论关于她们姐妹的话题。这个时候姐姐蘑菇和妹妹蛋娃就会意味深长地相互看一眼，看尕蛋大口大口地把碗里的食物吃得干干净净，相视一笑，很是羡慕的心情。

这时尕蛋的阿大和阿妈也会相视一笑，然后继续讨论他们刚才的话题。

晚饭后，尕蛋一溜烟又不见了。

每天晚上她和她的小伙伴都会聚集在一起玩捉迷藏，无论刮风下雨。有时人很多，很热闹，尕蛋喜欢藏在很隐秘的地方，大多数时候伙伴们根本找不到她。有好几次，因为伙伴们找不到她，到最后都是她一个人哭着回家。

有一个冬天的夜晚，大雪纷飞，尕蛋和伙伴们照常玩捉迷藏，为了不让伙伴们很快找到，她就藏在自己家的大草垛里。

人们把夏天的麦子收割后，连同青草一起打成捆堆成一个个"小山丘"，这些干草是给冬天的牛马羊准备的饲料。

尕蛋在草垛里挖了一个洞，把整个身子藏进草垛里，乐滋滋地等着伙伴们来找她。起初她听到伙伴们漫山遍野地喊她名字，她躲在草垛里沾沾自喜，不知不觉就睡过去了。

也不知过了多久，尕蛋隐约听到阿大和阿妈的说话声，还听到有人在哭泣，好像是姐姐蘑菇和妹妹蛋娃的声音。

远远传来阿奶的声音："我的尕蛋找到了吗？如果没有找到你们都不要回来了。"

尕蛋完全不知道自己一觉睡了三四个小时，心想："不行，不能出去，出去小伙伴们找到我就输了。"

此时，已经是深夜时分了，小伙伴们找不到同伴就各自回家睡觉了，晚上等不到尕蛋回家的阿大和阿妈可是急坏了。

这时她隐约听到了姐姐蘑菇和妹妹蛋娃带着哭腔的声音："尕蛋，尕——蛋。"

尕蛋打了一个激灵，爬起来，扯了扯头发上的干草，从草洞里钻出去。

阿大和阿妈、姐姐蘑菇和妹妹蛋娃还有阿奶转身看见脏兮兮的站在草垛前的尕蛋，飞奔过来抱住就是一顿大哭。这个场景着实把她吓坏了。

"我们就是拿你没辙。"阿大对尕蛋说。

"你怎么总是让人这么操心啊！"阿奶说。

“只有你会想到钻进草垛里玩捉迷藏。”阿妈说。

“尕姐，我们回家吧。”妹妹蛋娃拽住尕蛋的胳膊往家里走。

蘑菇拉起尕蛋的另一只手，姐妹仨相拥着走在回家的路上。

天上的星星很多，很美，很亮，如同钻石一般闪耀在夜空里。

四

尕蛋从小和阿奶睡，每天晚上都缠着阿奶讲故事，所谓的故事就是家乡的传说。那时，阿奶给她讲了许多，都是关于土族人家的爱情故事。

阿奶说：“我们的族人把爱情看得至高无上，因为有了爱情就有了阿大和阿妈们，兄弟姐妹，生命中的各种亲情。”

阿奶还说：“这个世界因为有爱，有了大家相互疼爱，才这么美好！”

阿奶每天晚上给尕蛋讲不一样的故事。尽管故事的内容有许多重复，但她总是说：

“每个故事都是一个伟大的爱。”

尕蛋也在阿奶伟大的爱中紧紧地抱着她睡着了。

阿大和阿妈常常给尕蛋三姐妹说：

"长大以后要成为一个对社会、对国家有用的人，成为一个有出息的人。"

那时尕蛋还小，不理解对国家有用的人是怎样的一个人，但她知道，有出息就是像阿大和阿妈一样，善良、能干。她也知道，阿大和阿妈一定是想让她们姐妹仨成为善良，有担当的人。

不知从什么时候开始，尕蛋每天上学前常常会在自己的书包里偷偷装上一个大馒头，每天放学就跑到学校的后院，把馒头放在修路伯伯的工具房里。因为有几次，她看到修路的伯伯就只啃几块土豆片，就是用水煮过，晒干的那种。许多人家把刚刚从地里挖出来的土豆切成片，在太阳下晒干，然后储藏起来，当干粮吃。当然吃这些是因为家里没有太多的粮食。

有一次，尕蛋照样从厨房拿了一个馒头塞进书包里，正要离开，阿大回来了，他安静地坐在椅子上，眼睛里带着许多疑问。她知道躲不过阿大的审问，因为学校不允许带馒头去上课。就从书包里拿出馒头放进锅里，不安地看着阿大。

阿大走过来，放低声音说：

"尕蛋，告诉我你每天拿馒头去做什么？！"

尕蛋感到了些许紧张，不知道怎么回答阿大的问题。

"告诉爸爸，你拿馒头做什么去了？你知道，现在有许多人家都没有馒头吃吗？"

阿大把她拉到身边，摸着她的头发说。

尕蛋每天从家里偷馒头给修路的人，她如果告诉阿大，阿大会怎样想？所以，她看着阿大不作声。

这时，阿大站起来，把她带到他的大房，阿妈陪阿奶正在玩跳跳棋，见阿大声色不对，立马停了下来。

阿大说："尕蛋有事要给阿奶说。"

阿妈看了阿大一眼站了起来走了出去。

阿奶带着疑惑的神态看着尕蛋，尕蛋感觉喉咙里有东西堵住了，突然哇哇大哭起来："阿奶，我错了。我拿了家里的馒头给修路的老伯伯吃。"

尕蛋的声音越发哽咽："因为我每天看见他就只吃土豆片和玉米馒头，我看见他好几次都被噎住了，脸涨得通红。"

尕蛋哭了："我们家里馒头有的是，所以我每天都拿一个给伯伯吃。"

尕蛋一口气说完了，两眼泪汪汪地看着阿奶，等她的责备。

这时，阿大和阿妈也进来了，阿大一把把她搂在怀里，他用力过猛都让尕蛋喘不过气来。

阿妈说:"我就说嘛,我的尕蛋拿馒头一定是有原因的啊!"

"小坏蛋,阿大让你害怕了吗?怎么不敢讲真话啊。"

阿大拍着尕蛋的头说:"你做得对,但是这样的事一定要给家里人说。"

第二天,尕蛋从阿妈手里拿了馒头,高高兴兴地离开了家。

五

记忆中,儿时秋天那些有趣的事儿,时时在尕蛋脑海中浮现。

初秋时节,凡是早上有些薄雾,那天一定是晴空万里。草地上的小花们也会露出娇羞的笑脸,白杨林间那些快活的鸟儿们从这一边飞到那一头,天性得以释放。不大一会儿工夫,太阳渐渐地从东边的山里露出了脸儿,当太阳挂到高空的时候,田野里的小草小花们身上的露珠也逐渐被晒干。

到了下午,放学的孩子们便有了好去处,三五成群跑到阳坡上去摘野葱花,用来做面条或炒菜用。一群小伙伴里数尕蛋调皮捣蛋,到了阳坡地,一定不是认真摘葱花了。因此,每次出门,阿奶就会喊一句:

"尕蛋,不要把自己弄丢了。"

小伙伴们听了嘻嘻哈哈一阵大笑。

尕蛋从书柜里随手拿了《第二次握手》和《故事会》，小心翼翼地装进布袋里，蹦蹦跳跳地跟着同伴们上了山。

此时，山间的葱花开得正旺，白里透着一种淡淡的紫，风吹来，带着野葱花香的味道，实在诱人。尕蛋忍不住随手摘了几束，找了个向阳的地方，趴下来对着葱花的花蕊，猛地吸一口，那种甜甜的辣辣的感觉直抵心扉。不要小看这种野葱花，如果运气不好，葱花上面有小虫虫，当你放到鼻子底下，用力一吸气，惊到了小飞虫，有时候也会飞进喉咙。当然，你也尝不到甜甜的辣辣的野葱花味道。这种野葱花用油炸过一下，放到煮好的面条和炒好的菜里，味道简直美极了。每吃一口，都会感觉口腔内有一股清凉与芬芳。

转头看伙伴们跟蜜蜂争抢葱花，心想，他们一定是争不过蜜蜂的，因为蜜蜂们早就先一步抢走了花蜜。

躺在向阳坡的葱花田里看书，实在是一种享受，等到太阳落山了，伙伴们欢呼雀跃地要回家了，尕蛋总不过瘾。要不是怕阿奶他们着急，尕蛋一定是趴在这里借着月光继续看书。

野葱花最怕被雨水淋，如果漫山遍野的葱花正开得欢的时候，来一场雨，那今年休想摘到香甜香辣的葱花了。野葱花的叶子很像家里种植的葱，只是个头小了许多。野葱花的叶子生长得极快，新长出来的叶子，是还未发育成形的叶子，可鲜食。有时候未等葱花盛开，摘上一串绿绿的叶子，长长短短，叶脉清晰，肉嘟嘟，味道可好了。

每年秋天，大人们都喜欢这一口。阿奶知道尕蛋不会摘野葱花回家，邻居们也知道尕蛋除了看书就是画画，因此，每逢跟伙伴们出去，回到家里，一定会看到伙伴们又拿着些许葱花送到尕蛋家里。用邻居的话说，就是顺手给她家捎回来一些。

每次放学后跟伙伴们待在山坡花田里，总觉得时间过得飞快。嗅嗅花，扑扑虫，看看书，画会儿画，时间就不见了。再看小伙伴们，早已经摘足了葱花，在田野里追逐嬉戏。也有小伙伴们围过来对尕蛋的画评头论足，或缠着她讲一些书上的小故事，不能过长，故事长了自然没有人听。心急的小伙伴们，干脆坐在花田里，把摘好的野葱花分成小股，三下五除二，摆放得整整齐齐，然后放在太阳底下晒，反正回家大人们也会放在太阳下晒干这些葱花。这种感觉真好，田野里鸟儿仍在枝头呼朋唤友，风吹来，小草的清香，掺和着泥土的芳香和葱花的香味迎面扑来，心里满满的幸福。

儿时是美好的，暖暖的空气，暖暖的笑声。

向远方

一

夜深了，刮了一整天的北风刚歇下来，又响起一阵"沙沙"声，以为是雨，却是雪。白色的小天使纷纷从高空飘落，从那高远的天空飘落。尕蛋紧了紧身上的被子，心想，明天定是银色的世界。

一大早，刚爬起来，尕蛋就迫不及待地扑向大门。雪花依然漫天飞舞。雪落满了院子，厚厚的一层。挂满了阿奶种植的杏子树，像个童话王国。

青海的冬天，就一个字：冷。

乡亲们早早就把春天和夏天以及秋天的收获打成包裹储藏起来。

冬天，人们都美美地等待着大雪为他们带来的气息。那时，大家或在商店，或在朋友家里，三五成群聚在一起，敞开心扉，东家长西家短，从家扯到世界，从地下侃到天上，小小的县城处处洋溢着甜蜜而慵懒的欢畅。

绕过院子里的雪堆，从木梯爬上屋顶，放眼周遭。尕蛋第一次全视角地打量这个熟悉而又陌生的城市，眼里满是泪。不远处的黄河已经被皑皑白雪覆盖，像一条宽大奔跑着的银色带子，一些不知名的小鸟，在黄河边上徜徉。

尕蛋的家，位于黄河源头。那是一个纯粹的黄土世界，广阔无垠的田野里白杨树总是坚强地挺立着，根深深扎进泥土。它们在岁月的长河里，备受烈日煎熬，饱尝寒流的撕扯，在寂寞的黄土高原上，在刀子般挥舞的西北风中，挺立成一种力量的象征，即使扯破了容颜，歪曲了身姿，依然挺立。无论何时何地，目光总会被这些挺拔而又显得苍健的白杨抓住。沿着枝干间流淌下来的阳光，从树的背后去寻找童年的点点滴滴。

深深记得第一次坐上南下火车的情景。

那时的尕蛋还小，当火车在一声长长的轰鸣声中启动时，当她看着窗外被火车抛在后面的小伙伴时，突然大声地哭了。那一瞬间泪水盛满整个车厢。渐渐地，不知是列车远了，还是小城远了，只看见家乡逐渐变小，黄河逐渐变成一条白线，最后连同三川平原都成了茫茫一片。那一刻，故乡就如一粒种子深深埋进了尕蛋的心里。从此，她的梦里总是有这样的镜头：一座美丽的小县城，小路连着小路，房屋连着房屋。黄河擦着小城，向远方。

徜徉在童年的记忆中，尕蛋深深地领悟到：家乡的白杨树比南方的芭蕉树更有魅力，家乡的小木屋比南方霓虹灯下的别墅更加有吸引力。

她不禁想起刚到南方的情景。因为语言的障碍，每天放学的时候是她最开心的时刻，她家附近是新华书店，因此，放学回家吃饭前的那段时光，她们姐妹仁就趴在书店的地板上读自己喜欢的书。常常把脸蛋糊得脏兮兮的。

有个下午，她们从书店出来，旁边一群小伙伴先是诧异地看着尕蛋她们仁，然后就是一阵哄堂大笑，有个孩子还冲上来摸摸尕蛋的脸：

"你的脸怎么这么红啊？是擦了胭脂吧，哈哈。"

从小到大，尕蛋的脸蛋一直是红扑扑的，像个苹果，尤其走在南方人群里，那可是一道风景。尕蛋两手捂住脸蛋，急得快要哭了。正在这时，父亲来了。他麻利地从上衣口袋里掏出用鹰腿做的烟锅子，逐个敲了几个小朋友的小脑袋：

"小兔崽子，哪里来的小坏蛋，敢欺负我的小公主。"

小朋友们还没有反应过来，阿大的烟锅子已经"咚、咚、咚"敲了一遍。

小朋友们被阿大的烟锅子吓坏了，一溜烟不见了踪影。

你可别小看这烟斗，这种烟斗，青海民间叫"板烟斗"。烟斗无论新旧，每款都是拿上乘的材料做的，不同年龄及不同性格的男人都会觅到适合自己的烟斗。

阿大的烟斗是西藏的老叔叔送的，像是千年老鹰的腿做的。阿大在烟斗上雕刻着龙和凤，手法大胆细腻。这在土族人中间是罕见的。阿大无论走到哪里，都会揣着这个烟锅子。

尕蛋一直都怀疑她的阿大是因为烟锅子才喜欢抽烟的。

当然，从此再也没有小朋友来捏尕蛋的脸蛋了。

二

真正爱上故乡是尕蛋离开草原到广州的时候……

离开故乡的时候，正值隆冬季节。记忆中列车像利箭一样穿过家乡。尕蛋坐在阿妈的怀里，眼光向着窗外。远处山坡上落满了白杨树的叶子，已经枯朽的花草，在草原的泥土和小石头缝中随意地翻滚着。偶尔有几只小狗跑过，它们是追着火车跑，还不时朝着列车吼上几声，那断断续续的犬吠声随着火车的隆隆声压过她的心底。

列车不时停靠在小村庄，站台上许多人拿着鸡蛋、青果、馒头等争着往车窗里递，有位小男孩跑进车厢，把他篮子里的鸡蛋一股脑儿放到尕蛋座位的桌子上。阿妈给姐妹仨每人拿了几个鸡蛋，当阿妈刚刚把钱给了小男孩，火车就开动了，他开心地看了尕蛋她们仨一眼，迅速地跑到车门跳下去了。

尕蛋睁大了眼睛向窗外望去，只见孩子们笑嘻嘻地跟着列车跑，并不断向她们招手，就这么短短的几分钟，不知道他们的鸡蛋卖出去了多少，列车缓缓地前行着，碾碎了他的影子，而小男孩那一脸灿烂的笑容一直就定格在尕蛋的脑海里。

火车抵达广州，已经是四天后的下午了。

那个下午，广州飘着蒙蒙细雨，原来人山人海的街道显得很安静。

广州，名不虚传，到处是高楼大厦，到处是小车大车，到处是人。没有像青海那样晴朗的天。到了夜晚也看不见星星，尕蛋数星星的日子也就彻底消失。记忆中除了上课就是图书馆，书成了尕蛋最好的伙伴。

阿奶每天早晨起来的第一件事，就是把自己打扮得干干净净，然后一起一伏一跪一叩地磕长头，每年每天都认真做着，青海人叫念玛尼。

童年的尕蛋小脸蛋总是沾满泥巴青草，衣服沾满灰尘，黄头发凌乱地随风飘着，无论走到哪里，都能闻到土族人深埋在骨子里的味道。阿大常说："我们是都市里的过客，即使吃着大肉大菜，穿着高贵华丽的衣服，我们说话的方式和语气依然无法掩饰土族人的特点。"

孨蛋的阿爷辈走戈壁越沙漠，双脚真实地踏遍了青藏高原，在他们眼中除了一望无际空旷的草原外，就是像冰一样透明的阳光。因此，即使若干年后生活在温暖的南方大都市，孨蛋依然想念青海，想念高原上的木头房子，想念那在万米高空中用翅膀书写着自己宣言的鹰。

阿奶说："人活着就一定要像高原上的草和花那样快乐地生长绽放。"

三

土族人擅长翩翩起舞，喜欢把自己的感觉用唱歌和跳舞的形式表达出来。《祝酒歌》唱得酒不醉人人自醉，纷纷醉倒在浓浓的花儿中，嫁女儿时唱的歌会让在座的亲戚朋友哭上好大一阵子，歌声就是土族人倾心交流的最好语言。

孨蛋的家随着阿大工作的调动而不停地迁移，但家里总有土族人生活的画面。

不管在哪里，能歌善舞的家人总会唤起童年的许多趣事。

雪山顶上的雪终年不化，神话一般的存在。雪水流走时的样子十分壮观，高原留不住它们，像人的脸颊留不住眼中滚落的泪。草原的风从四面八方吹来，带着阳光的味道。

在高原，风是最肆意的家伙，它千变万化，一会儿抚摸草原上的花儿，一会儿蹂躏山坡上的小草，如果到了冬天，风就变得肆无忌惮，它们带着坚硬的雪粒和飞扬的沙尘，在漠北草原上横行霸道。因此，在尕蛋的记忆中，家乡的冬天特别冷。

冬天日照时间很短，尕蛋放学回到家里，常常会玩一种游戏，叫抓自己的影子。早晨从太阳出来的那一刻起，就带自己的影子去上课，课间操期间，影子又跟着大家在操场里乱跑。放学了回家路上，影子拉长、放大、变形或者潜入土地。无论走多远，影子总是忠心地跟着。许多时候，尕蛋追着影子跑，有的时候躺下来把影子压在身体下面，风从尕蛋身边经过的时候，感觉风和她的影子在玩耍，有好几次它掀掉了尕蛋的帽子，尕蛋不知道是怎样把帽子抓回来的，总觉得是影子把帽子给抓回来了。

尕蛋知道风不喜欢帽子，风喜欢朝空旷地和山坡狂奔，很远的地方一眨眼就跑到了。

有一次在离家不远的草地上，有一股小旋风迅速地朝尕蛋奔来，尕蛋在风中努力稳住脚跟，风在她身上转了一圈，就像是围住她唱歌跳舞，先是一股风的独唱，接着，许多股风加入了合唱，在尕蛋的耳边回荡。

脚下的土地在旋转，这时，风就把尕蛋踩在地上的影子刮走了，她看见自己的影子掠过了好几座山坡。那一夜尕蛋害怕了，生病了，第二天早晨，阿奶说她的影子找回来了，尕蛋又活蹦乱跳地去上学了。

若干年以后，阿奶笑嘻嘻地告诉尕蛋："那一夜尕蛋生病可把大家吓坏了，你啊，一整夜都在哭闹，说风把你的影子刮跑了，所以，阿奶不停地给你找影子，终于把尕蛋的影子找回来了。"

其实，根本没有什么影子被刮跑的事，尕蛋就是受了风寒和惊吓。

骑　马

尕蛋小时候最期待的事情就是每天等着阿大陪她去骑马。

今天，阿大早早地应下了尕蛋要带她去黄河边，尕蛋还没有等阿大的话音落地就一溜烟冲出了房间。

站在一边的阿妈看着冲出房间的尕蛋，笑着喊道：

"尕蛋，看你高兴的样子。叫上你姐姐蘑菇和妹妹蛋娃一块去。"

"好的。"远远从马厩里传出尕蛋的声音。

阿妈一边收拾尕蛋书桌上乱乱的书籍，一边隔着窗户喊了声：

"蘑菇，蛋娃，作业写好了吗？快跟你阿大出去黄河边骑马吧。"

"好嘞，我这就去。"姐姐蘑菇从里屋兴冲冲地跑出来。

"等等我啊。"紧跟着蛋娃也跑了出来。

不一会儿，就听见院子里叮叮当当的铃铛响起来了，只见尕蛋已经牵着她心爱的枣红色马儿影子走出了马厩，影子也兴奋地甩着尾巴，嘴里发出愉快的嘟嘟声，阿大拿着马鞍跟在马的后面，满脸的笑。

蘑菇和蛋娃也一前一后从马厩里牵着马走出来，卧在廊檐下的金红色藏獒懒洋洋地抬起头看了大家一眼，继续装睡。两只猫猫看着外出的一行人，翘着尾巴竖着耳朵围着藏獒转圈圈。

"早点回来，不要忘记晚餐时间。"阿妈对着走出大门的阿大一行，扯着嗓子喊了一声。

"好嘞，放心吧。"阿大回应阿妈。

"知道了，阿妈，我们不会让您等的。"尕蛋已经骑在了马背上，仰着小脑袋大声地说。

"尕蛋，你的脑袋一定是万花筒，转个小小的角度就另一个样。"阿大也跨上了马背，笑着对尕蛋说。

"我会把我的脑袋变成万花筒的。"尕蛋咯咯咯地笑着说。

"哟，那你就不是我们家的人了。"阿大用鞭子轻轻打了一下尕蛋的马背。影子小跑起来。

尕蛋眯起眼睛，鼻子皱了起来，还微微地偏过头去，眼里闪着光。她最喜欢马背上的时光了，这样就可以把头埋在马鬃里听风儿呼呼从她的头发上掠过，任马儿奔跑，任风儿歌唱，任她的头发随风飞扬。

跟在阿大和尕蛋后面的蘑菇和蛋娃，拉住缰绳，让马儿们小跑跟在尕蛋的马后面，哒哒哒的马蹄声好听极了。

对于生长在这片草原的孩子来说，黄河是一个巨大的存在，尤其是黄河边上的柳树林，让人留恋和赞叹。生在黄河岸边，饮的是黄河水，浇灌的是黄河水。对于尕蛋来说，河流在她的心目中始终占据重要的地位。

尕蛋俯身马背，一手紧抓着缰绳，一手紧握着皮鞭，目视前方，她想起每年7月草原上的赛马。十几匹骏马几乎同时腾空而起，冲出栅栏，踏上赛道，飞奔而去。沸腾的牧民群情激昂，欢呼声，呐喊声，口哨声，此起彼伏，在赛场周围一浪高过一浪。骑手高插在帽顶上的彩色羽毛飘起来了。又轻又薄的彩色衣衫飘起来了。长长的马鬃飘起来了。长长的马尾飘起来了。想到这里，尕蛋用脚后跟蹬了一下马肚子，马儿影子像箭一样跑起来。

"奔跑吧，你的使命之一就是奔跑。"阿大看着尕蛋远去的背影自言自语。

紧接着轻轻拍了一下自己的马儿，喊了一声：

"跟上。"

不一会儿，尕蛋一行人就到了黄河。

　　黄河两岸的庄稼大都收割得差不多了，拖拉机来回在田野里奔跑，秸秆都被碾倒打碎埋在泥土里。过了一个小桥，见一个壮实的小伙在打鱼。渔网不停翻滚，大大小小的鱼在河里乱蹦。

　　马背上的尕蛋总能听到黄河边上绵绵不断的笑声，还有黄河的咆哮声。

　　走到黄河的下游，已是午后时光。

　　金秋的阳光穿过疏疏密密的杨树叶子，照耀着湿润的土地。也许坐在马背上的缘故，洒在脸庞上的阳光特别柔软、温馨。

　　阿大的马跟在尕蛋姐妹仨的最后。他们每天会绕着黄河边走上一大圈。

　　"丫头们打马往回走喽。"身后传来阿大浑厚的声音。

　　"好嘞。"尕蛋姐妹仨异口同声回道，并勒转了马头。这感觉，让人依恋，让人感动。

　　尕蛋和姐姐蘑菇、妹妹蛋娃在阿大的陪同下，在河堤上骑马走了二十多公里长，直到天快黑下来才往回赶。一路上有说有笑。太阳快要落山的时候，尕蛋一行终于到了家门口。

泥土、河水、风声、马蹄声一直伴随他们行走。

那种幸福与满足，至今想起来，尕蛋的心里还是满满的爱。

第二章

珠江　黄河　泰晤士河

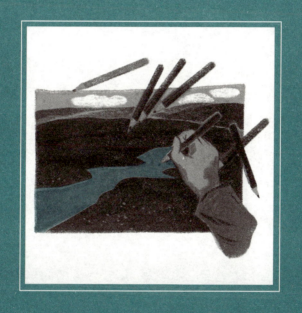

再小的生灵也是大自然的一部分，

如果我们的心灵能与之对话，

那我们就会拥有大自然的秘密。

——张怀存

河醒着，心醒着

如果生活中没有某些无限的、某些深刻的、某些真实的东西，我就不会留恋生活。

——凡·高

正午的阳光耀眼而明亮，泰晤士河的周边看不到任何杂物，高大的树篱上大大小小的花蕾正开出玫瑰似的花朵，闪着铜绿般的色泽，乌鸦和海鸥此起彼伏，互相和鸣，令人着迷。十月的风，夹带着细碎的潮湿，拂过我裸露的手臂和脸庞，钻进我的车里。阳光从梧桐树间流下来，在河边的草地上弄出各种各样的图案，脚下的土地，被太阳照得有点热，那一丝丝的暖流徐徐上升，透过车窗的玻璃，通过车的轮胎，充满了我的车子，到处弥漫着油画颜料的味道，这种味道始终吸引着我，让我情不自禁地走到河边。尽管周边很闹，可是我能清晰地听到自己的呼吸声，每一次呼吸，都是那么地热烈。

我爱这里。或许，没有人相信，一个在异乡长大的人，会爱上泰晤士河，但我实在爱这里。因为她的粗犷与阳刚，博大和辽远就像穿过我家门口的黄河一样。小时候，我在黄河边涂鸦，长大了我在泰晤士河边涂鸦。绘画成了我生命中不可缺少的东西。记得父亲跟我说过，生活支配一个人，支配一个人的身躯，完成一个人的历程，然而这不是真正的生活。父亲种过麦子也做过雕塑还在许多自己的烟斗上画画，因此他说的许多话，都带有画面感，许多年以后，我才慢慢理解。此时，我涂鸦，在泰晤士河边。满地的画笔，满地的颜料。或涂，或描。一笔，一线，一抹，这些横七竖八的色彩躺在我的画板上，一会儿是黄河一会儿是泰晤士河，无论是哪一条河流都经过我的人生。我时常感觉自己走进冰冷的河水中，而这些河流全是五颜六色的线条，我就这样迷茫地穿行在水流线里，在她的怀抱中一点一点地沉没。小时候，父亲常带着我到黄河边，我们在河边的杨树林里一待就是一天。那时，我们聊的全是黄河，河上的风，河上的阳光，河上的小船。

我爱河，深爱着她。站在岸上挥毫，湿湿的风将我的头发吹乱。鱼儿从清冽的水中探出头来，摇着细碎零星的水泡。几艘快艇匍匐在河面上，从身边呼啸而过。一浪推卷着一浪的余音，没有间歇地擂在我的画布上。一些飞起的小水花，凉凉地溅了我一头。一艘大船经过，岸在轻轻战栗，那声音仿佛是从大地深处沉闷地反弹了回来，在我的耳膜里飞奔，让我想起黄河的涛声。我的家乡在黄河源头，无论白天还是黑夜，远远就能听见黄河低沉的吼叫声，像远方隐隐传来的雷声。每当周末，我和伙伴们便迫不及待地迎着那涛声奔去。那喧嚣，也急切地朝我的耳鼓涌了过来。我们和浪花玩捉迷藏。等着浪花跳起来咬我们的脚指头；等着捉被浪冲到河滩上的小黄鱼；等着看河面上的水纹随着风儿跳圆舞曲。我们一会儿钻进小雨后的云层，若隐若现；一会儿跳到画家笔下的梯田，高高低低；一会儿藏在爷爷种植的白杨林里，手舞足蹈。玩累了就躺在地上睡去。就连柔柔的柳树都打着盹儿，花丛中的蝴蝶也停下来，怕是吵醒我和我的伙伴。四周一片寂静，不时有火车从三里外咆哮着穿过山谷，黄河无边无际伸向远方，令人感到神秘而好奇。

我的家像火车一样，从漠北草原跑到南国都市，从南国都市跑到英国伦敦。我常站在泰晤士河边，感觉她的恣肆、狂放、恢宏和雄浑。她是有灵性的。面对她，我感到自己是那么渺小。阳光照下来，映着河面，猛然发现自己在一片金色中，身上倍感温暖。岸上五颜六色的花儿在风中摇曳，空气中沁透着淡淡的清香，好像有许多精灵附着似的。玉兰树上的花瓣也在阳光下绽开了笑容。看着这些，自己似乎是花香一般融化在这里。我惊喜，画布上低低的云层下，海鸥的身影擦着河面。深深浅浅的线条，似是千万条藤蔓缠绕着我的血脉和躯体，任凭我的思念被英伦的季节牵着奔跑。每一个画面，都有黄河，都有泰晤士河，那堆积着浪花的故事，不断勾起我儿时的梦境，窗外传来歌谣，似是母亲轻轻哼着花儿，那声音一点一点穿透我疲倦的步履。黄河，给我的童年涂满色彩，已成为我生命中兀自不动的永恒，我感激她给我的这份狂野和激情。恍惚间，我看到了那个羞怯、任性、敏感的自己，我甚至看见自己热烈地沉湎于河流的灵魂。

远处传来大本钟的鸣响，太阳一点点从天空中往下沉，留下一抹柔和的花一般的红色，仿佛所有的火都汇集在那里，河面被映衬得一片通红。风吹来，潮潮湿湿地落在我的头发上。一列火车正爬过伦敦大桥，泰晤士河在暮色中变成了金黄色。回家的路上，我从车窗里凝望城市的灯光，它们密密麻麻地散落在泰晤士河上，汇成一片光海。

小时候，我从涛声里倾听黄河，今天，我从声韵里聆听泰晤士河。此时，有一个人正驾驶着装满色彩斑斓的记忆的车，穿行在伦敦大街上。我是河流，我是一个做梦并生产梦的人，我阅读黄河，阅读泰晤士河，用色彩诠释我生命的誓言。

河醒着，心醒着。或在黄河或在泰晤士河。

八月桂花香

农历八月，又到了桂花飘香的季节，细雨润过的天空更加嫩蓝，几朵白云，几只飞燕，南方的风捎带着我心儿在孩子们的世界里飞翔……正是早晨时光，桂花静静地在阳光下绽放着，一地清香。空气中到处都弥散着花的馨香，还有那淡淡的阳光味。

二十几年前的今天，正是夏天的尾巴时节，我的散文集《听见花开的声音》在桂花绽放的夏末坐在了书架上，呈现出一种欢愉的姿态。此时，坐在书的世界里，我的心不由得柔美起来，被书的香味搅动着。

青的草，绿的叶，各种色彩鲜艳的花一股脑儿涌进我们的眼睛……想起今年年初写的一首诗《播放秋天》：

黎明站在我的窗口

睡了一个晚上的夜醒来了

小鸟清脆的歌声已经在院子里响起

一滴圆圆的露珠睁开眸子

一点一点，滑过落满雨滴的小径

向我滚来

秋天的早晨来了

太阳蹦蹦跳跳地跑出来

大摇大摆地走在城市里

桂花树的枝头挂满了一双双眼睛

一簇一簇的白白的点

好一幅美丽的水墨画

风咻咻地哼着歌

仿佛是从钢琴里飘出来的音符

这是天外来客啊

在用恬静的心歌唱

所有的梦都是明亮的

那些乘着彩云的幻想

纷纷扬扬的，在绿叶之间

白云的羽翼下一群大雁飞过

播下这些宁静的童话种子

还有我和孩子们的愿望

黎明来了，她就在我的城市里

在朝阳的光辉里，在我的指尖下

我是怎样幸运呢

我可以在自己热爱的天空下

想象着秋，想象着童话

喜悦穿过我的灵魂

一直抵达童话城堡

拈一缕阳光在手中

指缝里传出笑声

一波一波地漫过城市的天空

秋天快到了，秋天像是一个诗人，来撞击我那飞扬的童心。

无须言语，此时，在书香飘飞的日子里，就让诗住进你的心里……

诗能长出梦幻的翅膀，诗能给我们展示出神奇。

八月的桂花静静地绽放着，从早晨到黄昏。

我知道，就是在深夜里，这些花儿也依然灿然绽放。

这个世界上能歌善舞的文字是诗歌，而跟孩子一样欣喜着的一定是我。

八月，桂花在绽放，

你像清泉一般流过来，
闯进我的童话园地。
在我的画室涂鸦，
玩耍、睡觉、做梦、游戏。

我们为毛毛虫的故事争吵，
关于颜色和苹果的画面，
说颜色是她的童年，
说苹果是毛毛虫的家。

窗外紫荆花儿竞相怒放，
蜂儿嗡嗡在花丛中追来逐去。
小鸟雀跃在大树的枝头，
鸣叫声穿绕在桂花林中。

此时，我心全是草原，郁郁葱葱，
漫山遍野五颜六色的花。
这一刻，我有一种感觉，
你就是一种色彩，
一定是，而且还有味道。

白杨树，紫荆树

早晨，天空微微发沉，空气中浸透着湿润的清凉，仿佛还游离着淡淡的花香，几日来的燥热在这沁凉中没了影子。忽然，感到内心隐隐作痛，屈指算来，父亲离开我们已经有好些年头了。静静地站在院中，望着些许灰的天空，分不清是冬日还是春天。

天空飘起了小雨，淅淅沥沥的。风吹过，雨便斜斜地洒落，有几分狂野。侧耳细听，小雨沙沙地响着，好似无数春蚕急急地咬噬着桑叶，又似一首舒缓轻柔的音乐悄然响起，让我慢慢从烦躁中平静下来。伫立在绵绵细雨中，神情被这漫天的迷蒙拨弄得有些恍惚，小时候读书的情景不时浮现在眼前。

家乡的小城极少下雨，打雷却很多，几乎每次打雷都不会下雨。然而，每当有雨飘飞的日子，我就站到雨中，仰起小脸闭上眼睛，任雨滴在我脸上头发上肩膀上跳舞，或站在屋檐下，看小雨点顽皮地在空中翻筋斗；看小鸡躲在墙角欢快地抛食物；看蚂蚁急切地在泥路上爬过；看三三两两的同学穿着五颜六色的雨衣在校园里追逐嬉戏；看父亲从家的那一头走出来，走在像童话一样的小巷里……

下雨的日子，家乡的田野，可是热闹啦。漫山遍野的花儿交头接耳，小草们扭动着嫩肤细腰拼命喝水。正在拔节的小树也美美地吸着雨水。尤其是原野里那些高高大大的白杨树，片片叶子被雨水打扮得鲜亮鲜亮的，就像正在沐浴的少女。大红、粉红、雪白的小花在雨中开得正欢，花蕾们则娇羞地抿着嘴，恐怕被风咬到，还没来得及看清容颜，它们刹那间就绽放了。

雨停了。风吹云动。天空里，一朵云在不停地变幻，偶尔，它会和别的云有摩擦；偶尔，它也会独自飘逸，一朵一朵云从我的眼前消失，又出来。风簌簌地吹着口哨，有一种穿透心扉的感觉。心就这样被淋湿，思绪，随着晴朗的天空渐行渐远。

雨后的小草小花，有点羞涩，有点懵懂，还带着一丝甜甜的笑。白杨树兴奋地甩着枝条，透过树叶的间隙，见细碎的阳光，一点一点照下来，心里那个喜悦，感觉犹如散发着淡淡清香的水墨画，浅浅的，静静的，暖暖的。

记忆中，家乡的马路旁全是白杨树，曾经问父亲，路的两边为什么都种白杨树。父亲说："白杨树栽下去不需管理，只要浇点水它就活了，不出几年就能蹿出数丈之高。而且白杨树越是在干旱的地方生命力越强。"父亲的话小时候的我并没有听懂，只是感觉白杨树一个劲地生长和盛开，向太阳招手。长大了，终于理解白杨树这样坚定生长，是生命的本质。世界上所有生命的延续也都如此吧。直到现在我依然喜爱白杨树，喜爱父亲般高大的白杨树。

风吹来，任思念蔓延。风过处，有着城市独特的气息。丝丝的雨洗净了空气，点缀了田野，点缀了城市，装饰了一个一个瑰丽的梦，一如少女的心境般美丽。所以，喜欢。喜欢城市的这种气息。喜欢我如一朵花一样开在城市里。一朵开得朴素的花，安然、美丽，一朵朴素得让人心疼的花，一朵始终孤独芬芳的花，一朵纤尘不染的花，父亲这样说。

一阵微风，闻到一股清香，循香闻去，原来是紫荆花在恣情怒放。紫荆花的繁盛令我惊诧，一年四季都在发芽，一年四季都在开花，一点也不觉得累。我平时很少注意到它，而它时时刻刻就在我的城市舞蹈，就如父亲给我的疼爱，时时刻刻都包围着我。

院子外的马路两旁全是紫荆树。一棵紫荆树上的花儿，却有着几种不同的颜色，一种紫花，一种白花，一种黄花。紫花，是那种隐隐的淡紫；白花，是那种淡淡的白；黄花，是那种锦缎丝绒般的鹅黄，都是我喜爱的颜色，平凡而素雅，温馨而浪漫。紫色的、白色的、黄色的紫荆花四处跳跃着，喧嚷着，却也有一份别样的美丽。单朵的紫荆花是喇叭形的，像一个个号手，吹响了季节的角声，吹得累了，便会在风雨中优雅地旋落，再带着深深的眷恋跌落到地上。那年，父亲离开我们的时候，大概也是这种心境吧。

小雨仿佛是伴随紫荆花而来，花开时，雨也就淅淅沥沥了。这时，树上，地上，满是紫的、白的、黄的花朵，空气中也有各种香味在酝酿。从树下走过，踩在细碎的花瓣上，没有任何的奢望，仿佛走在梦里。站在树下，静静听细细的沙沙声，缥缥缈缈地从梦中传来，回头看时，才知道不过是几朵落花的声音。紫荆花在短暂的生命里展示着自己的美丽，人的生命不也是短暂的吗，究竟是盛开还是枯萎，亦在于我们一念之间的选择。

我惊讶在这魁梧高大的紫荆树枝干上竟然开着这样淡雅的花。一花一世界，一叶一菩提，紫荆花的世界是什么呢？想起父亲魁梧的身材，想起小鸟依人般的母亲，想起我们姐妹仨，泪流满面……仔细看时，紫荆花是一个个单生在枝条上的，它们和绿叶互相缠绕着，却又紧紧相拥着，像钢琴的琴键。在每朵花瓣里都有着紫色清影，向花心深处逐渐汇聚，形成一种深邃，仿佛一种沉思，亦仿佛一种默念，整个人的心都会被吸引过去。一年四季都竞相盛开的紫荆花，一如城市的繁华，一如山岭的葱翠，一如父亲给我的爱。

紫荆树竟然成了我对城市里生活气息的依恋。这生长在南国的树，这缀满千花的树，这渲染着一片紫、白、黄色云霞般的树，这像我父亲般的树啊。

格桑花

一

尕蛋家的花园里开满了各种各样的格桑花。

跨进大门的瞬间，花香扑面而来，五颜六色的格桑花，开得满院子都是。均匀细长的花茎，与稻草梗一般大小，大概有七八十厘米高，细细的茎在呼呼的大风中刚劲有力，向上挺拔托起花盘。每根茎顶端长一朵花，每朵花有八片花瓣，粉红的、桃红的、金黄的、红粉相间的、白色的，各种各样的颜色，花儿们毫不吝啬地绽放着，唯有花蕊是金黄色的，在阳光的照射下显得格外醒目。

格桑花的叶子不大，藏在花朵下。叶子的颜色清新润泽，翠绿夺目。格桑花一棵挨着一棵，密密麻麻地连成一片，引来无数的小蜜蜂和成群结队的蝴蝶，微风吹过，花园里弥漫着沁人心脾的花香。

格桑花的生命力特别强大，平日里根本不用去打理，而且它的花期很长，从晚春开花一直到深秋，散发着如梅般淡雅的芳香，等秋后霜降花瓣才慢慢落下。格桑花的种子形状就像小月牙，呈黑灰色，外面包着硬角质，特别好看。秋天结束后，种子落地扎根，等来年的春天发芽。

在尕蛋的童年世界里，格桑花占据了大部分时光。

尕蛋喜欢坐在格桑花下，看花间的蜜蜂们嗡嗡嗡地采花粉，那些白的、粉的和紫的花朵儿长在柔弱纤细的腰身上，随风摆动。每一朵开花的地方就是一片格桑花海洋。她常常用小手指触摸刚刚绽放的锦缎般的花瓣，看它们在太阳的照射下，闪耀着五彩缤纷的光芒。花丛间，蜜蜂成群结队，浩浩荡荡，蝴蝶们成双成对轻轻萦绕在周围，十分热闹。

随着一阵马蹄声，尕蛋的马儿影子也来凑热闹，它把头从花园的墙上伸过来，用鼻子不停地蹭尕蛋的脸，不愿离开。尕蛋紧紧抱着影子的头，胖乎乎的小手梳理着影子的鬃毛，她把影子和自己完全丢在了格桑花的世界中。

此时，只有草原和山谷，只有尕蛋和影子，只有绽放的格桑花。

格桑花也叫八仙女，这大概是因为格桑花有八个花瓣的缘故吧。

阿妈常常说："感谢风，是风把格桑花带到了草原。"

年复一年，格桑花长满了尕蛋家的花园和院子的过道两旁。

青海的春天，来得晚，冰冻的土层到了农历三四月都不会解冻。五月来临时，格桑花才像小草一样悄无声息地慢慢发出小小的绿芽。祁连山脚下，漠北草原上的春天来得更晚，尕蛋家的花园里，等到五月中旬才能看见格桑花的绿芽芽。

格桑花不仅生命力顽强，颜色也会随着季节的变化而改变，到了深秋格桑花的花瓣会变成深粉和紫色。高原的阳光紫外线强，格桑花美而不娇，每一株花儿都随风轻轻摇曳于碧空之下，纤柔，温婉，顽强。

尕蛋和小伙伴们常常在格桑花的海洋里躲猫猫，许多时候格桑花经常被压倒一大片，可是第二天，当太阳升起来的时候，格桑花又会挺直腰板，迎着朝阳灿然绽放。

二

尕蛋最喜的就是秋天。尕蛋就在五颜六色的格桑花里玩上好大一阵子，格桑花每天让尕蛋惊喜不已。大路上、山坡上大片大片的格桑花，迎风招展，那一片连一片地生长在各个角落的格桑花，每看一眼都是心花怒放。

八月是格桑花绽放的最好时节，它们像是约好了一样，争先恐后地绽放，一朵、两朵、三朵，无数的花朵，汇成了花的海洋，在微风中荡漾着多彩的涟漪，一浪接一浪。田野里到处摇曳着格桑花，到处都弥漫着淡淡的花香。

格桑花每一朵花呈现出不同的颜色，还有特殊的色彩，像紫红，又像撕碎的晚霞；有的乳白，像轻轻黏在一起的雪花；有的粉红，像尕蛋红扑扑的小脸蛋。

九月是格桑花的盛宴，走到哪里都会跟格桑花相遇。在街道、花园、山坡、房前房后，一大片一大片的格桑花，昂首挺立，茂密苍翠，摇曳着勃勃生机，彰显着不屈的个性。

到了十月，也是草原上的深秋时分，格桑花的花瓣纷纷飘落，随风飞舞，特别是雨天，格桑花的周围落叶缤纷，五颜六色的花瓣在雨滴的滋润中还是那么新鲜，不久之后这些花瓣将会跟泥土融在一起，成为明年春天新一批格桑花生长的肥料，大自然的神奇在这里完美地呈现。

尕蛋曾经在老师布置的作文里写过这样一段话：

我的格桑花从春天开始发芽，生长，

我的格桑花秋天开花，结籽，

我的格桑花，一路走来，它是诗人。

在尕蛋童年的记忆里，格桑花占据了全部。草原上有一个美丽的传说：不管是谁，只要找到了八瓣格桑花，就找到了幸福，平安如意。"格桑"实际上是藏语，即好时光之意，它是说，在春夏之交雪域高原有一个璀璨的好季节，风姿绰约的格桑花儿就会如约来到草原上，为辛勤劳动的人们带来好时光，带来幸福。

三

格桑花也是信物花。

每个人心中都有一份格桑花情结。

初秋的夜，凉意乍现，尕蛋的暑假时间。跟往常一样，尕蛋吃过晚餐后的第一件事就是呼唤邻近的小伙伴，出来玩过家家或是捉迷藏。她站在阿大的窗前，极目望远，满天星光下，黄河两岸万家灯火，偶尔传来几声狗叫，让人产生无限的遐想。尕蛋一时忘记了叫小伙伴们，她一路小跑到了西屋，从抽屉里翻出小本子，拿了铅笔盒，又一路小跑回到阿大的窗前，跳到了窗台上，望着窗外，静静地坐了下来。

天空离她很近，无数灯光从家家户户的窗户里透出来，跟天上闪闪发光的星星交相辉映。尕蛋的心像是被什么猛然戳了一下似的，一阵激动一阵暖流一阵隐隐作痛。此时，草原上的人家，黄河边的人家，田野里，公路旁，花园里星空下的格桑花，这一切都太美了，沁人心脾的美。

尕蛋用彩色铅笔小心翼翼地勾勒着天空、黄河、房屋、星星和格桑花。

忽然，堂屋里传来阿妈清脆的歌声，尕蛋停下了画笔，沉浸在阿妈无限深情的歌声里：

格桑花，我的宝贝，你住在很高很大很美，到处生长着童话的地方，

格桑花，我的宝贝，你个子不高，花朵不大，可有着山一样的性格。

格桑花，我的宝贝，风愈狂，你身愈挺；

雨愈急，你叶愈翠；太阳愈暴，你开得就愈灿烂。

格桑花，我的宝贝，你笑起来的时候，四周的山峦也跟着欢乐，

格桑花，我的宝贝，你那沁人心脾的香气，

从阿奶的心里穿过，从阿大阿妈的心里穿过，

从我的宝贝尕蛋、蘑菇、蛋娃的心里穿过，

从我的猫猫、狗狗和马儿们的心里穿过，

传得很远很远。

尕蛋陶醉在阿妈的歌声中，仿佛看见小小的她变成了格桑花，姐姐蘑菇变成了格桑花，妹妹蛋娃变成了格桑花，阿大和阿妈变成了格桑花，阿爷和阿奶变成了格桑花。

草原上的风俗习惯，盛夏家里一定要有格桑花盛开，来年一定平安幸福。青海的夏日，遍地都是格桑花。一团团一片片，红黄相间的格桑花，在风中竞相绽放。尕蛋的家乡话，叫格桑花为八瓣梅也有人叫它八仙女，不仅是因为格桑花的花瓣有八片，而最重要的是这些普通的花朵，秆细瓣小，乍一看上去弱不禁风，可在盛夏的炎炎烈日和狂风暴雨中，它开得越发灿烂。

格桑花喜爱高原的阳光，耐得住雪域的风寒，随着季节变换，颜色也会转变，它的故乡是无边的大草原，它们一团团、一簇簇紧紧地团结在一起，在农舍边、小溪边、树林下，随处可见，就像守护神一样守护着勤劳善良的人们。

阿妈的叮嘱从很高的地方传过来：尕蛋，你要学习格桑花的品格，遇到什么事，都要坚强，茁壮成长。

尕蛋在阿妈的歌声中拼命地画，不停地记，生怕漏掉阿妈那字字珠玑如天籁般的声音，漏掉今夜窗外这些风景。

阿妈的《格桑花》太棒了，阿大说歌词是阿妈张口就来的，不是传说中的歌儿，是阿妈自创的歌儿。今夜阿妈唱的《格桑花》是尕蛋在写作绘画生涯中撞击心灵最为强烈的一次。

阿妈的歌声让尕蛋刻骨铭心。

格桑花是永不凋谢的花，是黄头发在风中飘动的尕蛋，是梳着一条长长辫子的蘑菇，是扎着两条羊角辫的蛋娃，是漠北草原上的阿爷阿奶，阿大阿妈。

多年以后，草原上的这些场景都走进了尕蛋的作品里。

四

冬天来临时，格桑花的花瓣开始飘落。你看风中摇曳的那一朵朵花儿，好像是冬天的脚步，它们在纤细的枝条上，和着暖暖的阳光唱着欢快的歌，相互说着悄悄话。一阵风吹过，花瓣就如天女散花般优美的姿势缓缓自枝头飘落，尕蛋说，她听到了格桑花花瓣掉落的声音。话落，尕蛋的脸上浮现着淡淡的忧伤。

花落也是美丽的，格桑花已经将它最美丽的时刻展示给人们。它坠落在那无声的角落里，化成泥土，是为了明年的今天开得更加旺盛。

阿奶说："年轻真好，可以枕着梦入睡，可以听见花开的声音。"

看着飘落的格桑花瓣在风中转着圈圈，尕蛋仿佛看见了那一片耀眼的花海，是谁把这些五颜六色的格桑花绽放在这里，又是谁把这里变得那么地美？

深秋的格桑花落得满地都是，被车轮轧过的格桑花还在路上留下印迹。花落是注定的，就好像一个人生命的结束。无数个深夜里，尕蛋静静端坐在电脑前，写着喜欢的文字，听着窗外花落一地的声音。

尕蛋曾经为那些美丽的格桑花一夜间飘落而伤感，也为那一大片格桑花在一夜之间噼里啪啦地降落而生出无限的怀念。或许花儿的坠落就只是它一生一次短暂的流浪。相反，花儿开放的时候，你看那五颜六色的花朵，为土地增添了多么亮丽的色彩，就如盛夏的格桑花绽放得那般地自信而又温馨，洒脱而又深情，令人痴，令人醉，令人陶然神怡。此时当它飘落的时候，它不会再暴露那种让人焦灼的奇异的美了，它又把自己奉献给大地。

尕蛋的目光一次次停留在窗外那一大片的格桑花上，空气中飘荡着花儿开放的声音。

同样是一种花儿，有着不同的心境。

一个习惯听见花落声音的人和一个习惯听见花开声音的

人，她们是同一个人吗？孞蛋常常这样想。

花开花落已经不重要了，重要的是深秋之后又是冬天了，那么美丽的春天也就不远了。想到这里，孞蛋似乎听到了格桑花瓣入土的声音，仿佛看见了春天在格桑花的花瓣上舞蹈。

不管是香醇的红花，清雅的白花，还是脱俗的紫花……它们都是格桑花，它们都会在盛夏绽出五彩缤纷的花瓣来，来年格桑花依然开得火红，它告诉孞蛋那心底的许多思念，许多感慨。

原来，真的懂得了花开花落之后，也就懂得了生命还有那么丰富的情节要体验，人们要懂得放弃也要懂得珍惜。在这格桑花怒放的季节里，孞蛋和你相约，用生命里最灿烂的文字来表达我们对生活的渴望，记得呀，明年的今天我们还是来这里，听花开花落的声音。

朋友是一杯清水

自小到大，我对那红红绿绿的饮料一直心存畏意，我最爱的还是白开水，品味着水中那淡淡的却是沁人心脾的甘甜，就如品味着多年来朋友们带给我的欢乐。记得有一首诗里这样写道：

虽然只是一滴水

却辗转过了多少个世纪

包含了几许春夏秋冬

从远古来的

必将带着最初的混沌

从大地来的

必将带着生命的永恒……

是的，我们每个人都是一滴水，在江河，或在湖海。生命之所以如此美丽，不正是有了那无间的交融和激荡吗？

高瑛是我生命中给我影响很大的朋友，也是我的忘年交，我们之间的年龄相差整整四十二岁，可是我们的友情像一缕暖暖的阳光照耀着彼此，跟她在一起，总会有故事有文章有诗歌。

那年冬天，我们约好了第二天早晨去拜访一位老画家。第二天，已经不太适应北方冬天寒冷的我一醒来就听见窗外呼呼的北风声，想到这么大冷天就不想出去了，赖在被窝里就是不起来，高瑛阿姨一遍又一遍地催我起床，我撒娇说能不能明天再去呀。这时就听高阿姨说："这么好的时光你想睡觉呀，你不是喜欢春天和诗歌吗？我们这就去大街上寻找春天和诗歌。"听到这话，我的心怦地一跳突然感动起来，高阿姨不但没有责备我还像哄小孩似的让我起床，最让我开心的是她那灿烂的童心。"好的，我这就起来。"我用最快的速度穿好了衣服……那个早晨我和高瑛阿姨在长安街凛冽的寒风中走了很久，我们聊着诗歌，聊着路上的行人，愉快地行走在大街上。

走进老画家的家门，高阿姨回头笑眯眯地对我说："你找到春天了吗？我可是找到啦。"还没反应过来就被她搂进了怀里，"你就是一个春天呀！"是呀，我们就是春天，两个彼此呼唤着的春天。这件事过去很多年了，但我还是深深记得那次我们走在大街上的情形。

随着时间的流逝，我们的友情日益加深，就如我手中的清水，细细品味之后，才发觉这"清水"与众不同：她是那么纯净，那么平淡却又那么多滋多味。我们成了真正的忘年交。

朋友是一杯清水。有的人却不满足它的平淡和清净，他们一次次地搅动杯里的水，试图让它涌起惊涛骇浪，然而他们却忘了，波浪只能来自内部的涌动，而且得有足够它们运动的空间。汤匙搅起的充其量只是一层涟漪而已，顶多也就是人们所说的杯水风波。

朋友是一杯清水。有的人却不满足它的清冽和单纯，他们试图往杯子里多加点糖，一次不够又再加一次，结果往往将一杯简单的白开水变得过于甜腻，难以下咽；有的人往水里加了过多的茶叶，不管是龙井还是铁观音，你品尝到的只有苦涩；有的人将水热得滚烫，使别人不敢接近；有的人将水冷冻成冰，使你敬而远之；有的人表面看来十分清澈，一旦被推倒流出来的却满是污浊；有的人过分追求完美，将那杯水一次次蒸馏，忘了那样会使水缺少了矿物质。

人活着最需要的是朋友。与不同的人在一起，就有不同的感受，尤其是跟好朋友在一起的滋味，更值得寻味。高高大大的伊始从雪白的玉龙雪山走进我的视线。那次到云南采风，在最后一站由于高原反应我躺在了床上，一想到自己为了要攀登玉龙雪山坚持了好几天，第二天即将实现愿望了，却偏偏倒在了床上，心绪低落至极。伊始和朋友们一直守在我的身边，给我吃药给我鼓励，直到我睡了，大家才悄悄离开。第二天，我竟然奇迹般好了，还跟着伊始他们爬上了四千六百多米的雪山。这样的友谊是圣洁的。在那遥远的路上，在许多行人中，伊始让我记得住朋友的温暖……跟他的相识如同我时常喝的清水。我们的友情是一杯清水，怎么看它都透明。一杯清水，纯纯净净，没有茶的芳香，酒的醇厚，但其中的滋味却是世间任何一种饮品都无法相比。

一段纯洁的友谊能稀释烦恼，冲走困惑，排除消极的东西。就像我们需要一杯清水一样，让它不断地洗刷心灵。我喜欢这样慢慢地品着清澈的水，慢慢地感觉朋友清澈的心，享受朋友的快乐，享受朋友的忧伤。

喝一杯水简单，但读懂它，难——做朋友简单，但是找一个真正的朋友，太难——

吴冠中是一株生长在高山上，迎着劲风挺拔矗立的松树。没有艳丽的颜色，却一年四季常青，坚强地挺立着。每当风儿吹过，那种浓浓的松树清香就在看不见的空间中淡淡地飘散，随着山风落在温暖的角落。他对待朋友纯净如水。一直都很喜欢他的博学，给朋友一分天地一份关怀，他说帮助朋友就是他内心的幸福。你看他轻轻地微笑，认真地绘画，通达的文章，品这样的清水甚是醉人呀。吴老说："人一路走来，阅遍风景万物，看风景等于看自己的生命。"

喜欢把烟斗叼在嘴上的黄永玉，一脸的笑容，一脸的故事。不管何时看见他，他的穿着一定很时髦、很时尚，且颜色永远跟他的国画一样，充满雅气，充满色彩，充满故事。跟他在一起聊天文，侃地理，在虚构与写实之间散步，慢慢欣赏，仔细品味。所有的话题在他的烟斗里变成一个又一个故事，飘荡在朋友中间。他是个内心真诚的人，似乎大地的呼吸，花朵的飞翔，阳光的照亮，生命的涌动……

拥有真正的朋友是幸福的。在一望无际的沙漠中，一个饥渴难耐的旅行者，最渴望的就是一杯清水……在生活的逍遥路途中，没有朋友就没有快乐。

和朋友分享一杯清水和一些声音，包括那些愉快的、忧伤的乐曲。喜欢有一泓清水一样的心境。我们的人生也宛若一杯清水淡淡地流散在这无限芬芳的清水里。清水，当你不懂她时，她是一杯平淡无味的液体；而当你读懂她时，她就成了一杯甘露。

朋友是一杯清水。

我正顺着这条道走

父亲走了，来不及给他的三个女儿留下只言片语，也没给我的母亲留下半点叮嘱，就走了。姐姐说，弥留之际，父亲反反复复地喊着我的名字，而那时，我却在另一个遥远的城市里。说什么也不敢相信，我那高大健康的父亲，会突然躺进医院。父亲向来身体健壮，很少看见他吃药。偶尔感冒也是几杯开水就好起来，而他却生病了，用闪电般的速度离开了我们。父亲生病期间，姐姐和妹妹整日整夜地陪着他。母亲以为父亲很快会好起来的，因此，每每我打电话回家，没有人告诉我父亲病重的情况。父亲躺在医院而我却在巴黎读书、绘画，享受生活。直到父亲离开这个世界，直到母亲来电话。上苍跟我开了一个极其残酷的玩笑，让我痛不欲生。

我爱父亲，深深爱他。他经常平静地对我们姐妹仨说："最骄傲的是把生存的能力给了我的三个骄傲的公主。"说这些话时，他的眼睛都笑成了一片海。可是，今天，我怎么连一点生存的勇气都没有了？偌大的一个家，突然没有了顶梁柱，这还是一个家吗？

从小到大，父亲和母亲教育我们姐妹，好好做人，凡事都要好好的，好好的。父亲常说："人活着已经很幸福。无论做什么都要努力，懂得珍惜。"父亲在世时，我从没仔细品咂过这话的含意。今天，父亲走了，我才真真切切地体会到：活着真好！活着真苦！

父亲喜欢游走天下，热衷于收藏。一次，我们一家到陕西转亲戚，在邻村一位老婆婆家里吃饭时，一只青花瓷碗引起了父亲的注意，唠嗑时，他的话题总离不开那只碗。老婆婆说那碗是她家的祖上传下来的，已经用了很久，要是父亲喜欢拿走就是了。老婆婆的家简陋极了，可以说是家徒四壁。父亲没把碗带走，临走时，他把一万元放在炕上，说下次来的时候再把碗带走。清楚地记得老婆婆颤抖的嘴唇，浑浊的泪水，还有跪在土炕上那两条细瘦的腿。曾经问父亲，为什么买了碗又不带走？父亲笑着说："傻丫头，拿走了婆婆用什么吃饭？"现在才明白，原来父亲收藏了善良。

父亲喜欢玩泥巴。心血来潮时，立马让母亲给他订当天的机票，直飞西藏，第二天拿着红黑相间的泥巴返回香港。他的书房隔壁有磨砂机，加工泥巴的小作坊。这时候，父亲会在作坊里待上个把星期。他的作品多是一些动物，狮子、老虎、小猫、小鸡、猪猪……我尤为喜欢那头踞坐在石球上的墨绿色狮子，眼睛发亮、笑容满面，长长的鬃毛迎风飞扬。这座泥塑是父亲的至爱，用他的话说就是：专业水平。

父亲极爱我们。

姐姐出生时，父亲停下了手头上的所有工作，整日整夜地守在母亲身边，说："你真了不起，给我生了个这么漂亮的女娃。"父亲因为姐姐的降临而变得像个小孩子，嘴巴整天也合不上了。朋友、同事、邻居都知道他每天下班帮母亲洗尿布、煮饭、端水。邻里乡亲们对母亲说："不知道你是几辈子修来的福，有这么个好男人。"母亲听着，心里可甜着呢。上苍不负有心人，姐姐确实出落成一个大美人。并且，姐姐成年后就继承了父亲的事业。

我的降临，用父亲的话说是捡了个"傻宝贝蛋"。父亲和母亲说我的出生给他们增添了不少困惑。人又长得丑：小眼睛、小鼻子、小嘴巴。最可爱的就是没日没夜地哭个不停，嗓门越哭越大。母亲说，一听到我哭，她和父亲就想哭。他们怕我把脑袋哭坏了，还怕我把耳朵哭聋了，怕我哭得太厉害日后落下个鸭子嗓音……父亲对母亲说："声音难听没有关系，只要她能长大成人。"外婆曾偷偷告诉我，父亲和母亲准备把我拿去送人。当然，那是依照青海的习俗，认个干爸干妈。据说，那样孩子才好养，最重要的是不会哭个没完没了。

长大后的我确实长得不如姐姐好看，但声音极好听，父亲说是哭出来的。

小妹的到来，已没有多少新鲜感了，但父亲还是疼得放不下。父亲视我们三姐妹为掌上明珠。三人中最调皮的是我，为了一本《宝葫芦的秘密》，我会把姐姐的头发抓住不放，直到姐姐哭着把书还给我为止；为了把新书《辽恩卡流浪记》先睹为快，把妹妹压倒在床上，用鬼故事恐吓她，直到妹妹尖叫着向母亲求救。父亲说："不像女娃娃，暴力行为。"许多时候，为了能拿到好的小人书（连环画书），姐姐躲着我偷偷看，轮到妹妹看时她自觉地把书送到我的手上。直到今天，妹妹还在说："我最怕老二！"风风雨雨，我们姐妹仨长大成人，并且身为人母。

姐妹仨中父亲极爱我。

我经常会围着他转，抱着他的脖子撒娇。把他的提包翻个底朝天，把他的衣服穿在身上，在大街上晃来晃去。从小到大一直这样。父亲说："我的尕蛋以后不用买风衣，就拿爸爸的衣服当风衣。"聪明的父亲从不说我的个儿小。

小时候的我常常逗得父亲哭笑不得。比如，突然约了班里七八个同学冲到他的办公室，在他的工作室里过家家，写作业，还有孩子战争。一会儿的工夫，父亲的办公室就狼藉一片。父亲从来不会因为我的突然光临和捣乱而生气，他一直乐呵呵的，更加助长了我的贪玩本性，当然，我在同学中威信极高，同学们羡慕地说："你真幸福，有一个这样的好爸爸。"

太阳一天天升起，父亲一天天变老，我们姐妹仨也羽翼渐丰，与父亲朝夕相处的时间少了，但是我们总保持着每两个周末全家聚会的习惯，或在汕头，或在广州，或在香港。凡是有父亲的地方就有我们姐妹的笑声。周末聚会中，母亲和我们姐妹仨争着做父亲的亲密朋友，加上我们姐妹仨的三个孩子，三个丈夫，这个家庭可是极度地热闹，极度地幸福。父亲总是骄傲地对母亲说："我这一生有你们，幸福呀。"

父亲最放心不下的是我。母亲说父亲常常聊起我们姐妹仨："老大很优秀，许多事情可以独当一面；老三的稳重和细心是她一生的财富；老二呢，我就是放心不下老二，她的浪漫、孩子气，她的心无城府，她的我行我素……人的一生总有这样或者那样的事情发生，我得找时间好好教教她。老二可是我的骄傲。"每次说起我们姐妹，父亲的言语里少不了对我的担忧，但也少不了对我的肯定。前年冬天，我们一家在东京过年。那天，雪花漫天飞扬，母亲、姐姐和妹妹围着炉子在聊天，三位先生在酒吧间品着心仪的酒看电视。三个孩子一大早就溜到酒店对面的书城去了。父亲望着窗外兴趣十足地对我说："尕蛋，我们出去走走。"父亲之所以只叫我，是因为我在那里漫不经心地画着漫画。穿上大衣、戴上围巾，我们融进茫茫大雪里。冬天的东京，仿佛在童话里似的，大街上重重叠叠地耸立着好像水晶玻璃雕刻出来的楼房，雪花降落在高高低低的房屋上，飘落在我们的肩膀上、头发上、眉毛上，靴子踩在雪地上发出咯吱咯吱的声音。这一切恍如梦境。父亲说："想念青海了吧？瞧这些飞扬的雪花，它们在跟我们说话呢。"天啊，我的父亲，怎么有这么美好的心啊！听父亲的声音，让我想起那遥远、亲切、快乐而安逸的草原。雪咯吱咯吱地响着。父亲揽着我穿梭在人群里。"尕蛋，你在馥郁芳香的温室里看世界，你的世界单纯、洁静，你就顺着这条大道走下去。记住，无论遭遇什么样的挫折，都要保持这份心境。"我们一路聊一路走，直到母亲电话催着回去。生活没有反对我，给予我的比我应当得到的还多，我正顺着这些小路，悄没声儿地走着。

父亲离开我们的那个夏天，只有五十九岁，几个月后的一天，是他的六十岁生日。我们姐妹仨捧着遗像跟母亲一起给父亲过了六十岁生日。那个夏天，父亲流着泪闭上了眼睛，永远地闭上了那双曾经装满着母亲和我们姐妹仨的眼睛。

父亲走了，真的从我的生活里消失了，但是，父亲的灵魂永远飘荡在他曾经热恋过、生活过、工作过的土地上。

父亲的离开是我一生中锥心的疼痛。

心底的梦

喜欢荷塘、荷花，喜欢如梦如幻的感觉。

我常常用一种超现实的感受来表现真实的人生，就如现在的我喜欢做梦一样。梦与现实，人生与艺术，在我的笔下都化作了一个如幻如真的新世界。我在自己的日记里写道：

> 我是时代的幸运儿，自小就喜欢涂鸦、弹琴，母亲的宠爱在我的生命中体现得淋漓尽致。绘画是我小时候的梦想，我把这个梦延伸到今天。

大学毕业那年，我被分配到了跟我所学专业相关的设计院，从小就对数字麻木的我，在设计院工作一定不适合。后来我给父亲说想去当老师。父亲问我："你当老师准备教什么呀？"我说："教英语，或者教美术。"心想，当美术老师我可以教孩子们画画，我自己也可以画画。不久之后，我迈着欢快的步子走上了讲台。

我的个人世界里，没有复杂的喧嚣，也没有万花争艳，只蕴含了蓬勃的生机，我知道不需要太多的道具，我的荷塘就可以奏响花枝与荷叶，流水与星空的醉人旋律。

除了上课，我把大量的时间放在绘画创作上，我想这一定是我内心情感的幻象，我把那种微妙的、难以言传的心灵感受用色彩表达在纸和画布上。我喜欢写诗歌，喜欢写随笔，因此，我的绘画作品上的题款常常是我自己的诗歌语言。无论是诗歌还是画画，都是我心底的一个梦。

我有一幅画叫《梦的荷塘》——成片的芦苇，神秘的星空，清水出芙蓉的小鱼，构成了一个与现实世界疏离的天地。我乐于让心灵在这些唯美的意象间漫游，让自己走得很远，久久不愿回来。

我常常把纯净的荷花作为艺术表现的主题，从中寄托了自己的艺术理想。我爱莲，常以莲为喻。在这个浮躁、喧嚣、欲望膨胀的年代，莲的"出淤泥而不染，濯清涟而不妖"总是让我产生出许多怀念。我常常想，如果通过自己的画笔，画出有奇异之美和神秘力量的莲，那该多好啊。

是的，画莲的画家已画出千姿百态的莲，我只有画自己心中的莲，才会画出异样的生命之花。我把荷塘中的荷花全部搬到了我的宣纸上，不管是雨荷还是新荷，都很形象地表现了大自然的伟大和神秘。

我的国画《等待》是这样的一幅画面：红红的荷花，成群的小鱼，静静的流水，用诗歌文字题款组成的飘飘洒洒的小雨，远看像小雨在轻轻飘落，近看是诗歌文字，时空感仿佛被打破了。我用传统的中国画所不具备的超现实主义的力量来画，并题上现代诗歌，我要欣赏者感受到一种力量的冲击，那一种纯净的，生机深蕴而又美得令人惊讶的力量。另一幅国画《思念》中两株矗立的荷花呈对称结构，加上了潇洒的现代诗句——《小小雨滴》，几株荷花、几把荷叶、几株莲藕，静与动所构成的张力感，都极具匠心，整个画面看不见风，却感受到风从八方直吹过来。

我喜欢追求别人没有的东西，就如我对生活的爱，一心一意，不管别人说什么。我想，这就是生活，我有权利爱，有权利画，只要这份爱是真挚、真诚的。

我追求自然、随意、朴实的生活境界，远离社会的纷争。我的性情和我的生活经历有关，我生活在温馨的家庭里，天性爱水、爱花、爱小生灵，在我的潜意识中，水和水中的动植物构成了一个令人无法释怀而又不可言说的神秘世界。我也努力让清凉、柔润、纯净、透明的质感弥散在自己的艺术感觉中。

再小的生灵，也是大自然中的生命，如果我们的心灵能与之对话，那我们就拥有了自然的秘密。那些生灵的原生状态将从精神上显现出来。

　　爱水、爱莲，爱水与莲交织在一起的心底的梦。

一宣纸，一树梅

小雨不时飘洒进来。画案上的书被风吹得哗啦啦响。《米欧，我的米欧》，一页一页翻过去又翻回来。暖黄色的封面以及封面上的小人儿在小雨的滴答声里跳起了舞。

记忆沿着笔端走下来，落在雪白的宣纸上。

此时，只有风和雨，静静分享我的文字。

画案上那点点红梅像一双双眼睛。冲动划破画室的宁静，笔头落下处，我能感知自己怦怦心跳的声音，思念穿过宣纸。

想起多年前写的一首诗，题目叫作《答友人》：

是我在跋涉的旅途中

把心寄托在幽谷

经年后　长成一棵雪莲

从此冰清玉洁

是我在羞涩的目光里

滑过青春的边缘

把鲜亮的风景

挂于湿漉漉的记忆

是我赤足走在沙滩上

对着七彩的贝壳

小心翼翼摆弄

怯怯地不敢收藏

有多少日子就有多少心情

有多少心情就有多少故事

是我把美丽的心情

安放在动人的故事之外

当雨淋湿记忆

当风吹黄季节

那唯一款款走在童话里的

一定是我

　　此时，窗外的星星在高高的夜空里眨着眼，风儿轻轻吹过窗棂，我被自己的诗歌感动了。

　　"怀存画室，绿茵小筑。"老艺术家蔡仰颜先生的书法高高挂在画室的墙上，右边是吴冠中先生的《荷塘》，左边是黄宾虹的山水。打开墨砚，我把长长的思念挥洒在纸上。有谁知道，这些像清水般的友谊将雨夜照亮。

我笔下的诗是几朵冷傲的梅，凌寒傲霜，斗冰欺雪。我纸上的荷是一朵圣洁的莲，晶莹剔透，散发着温暖的光。看着毛笔在宣纸上飞舞，我就乐啊，是谁铸就了毛笔这样神奇的工具？是什么样的动力让我的笔下能有这些花儿？纸上的梅和莲把夜晚涂成了一首诗。我是一个诗人，那就让诗燃烧吧，让我的诗画燃烧吧。

推开窗，思念纷沓而至。想起从小走访过的诸位先生，从吴冠中到黄永玉，从贺敬之到柯岩，满心喜悦，今夜，一切正向着诗画飞翔。

荷与梅相拥着在宣纸上走来走去，雅静而热烈。画笔下流出我对生活的热望，对爱情的憧憬，对生命的尊重。梅花有着孤傲的风骨，当你循着树的脉络就会找到根，那是比朝阳更鲜艳的色彩。花，没有了俏丽，多了刻骨的硬，这一树梅，一树的红梅，就在六月的夜晚诞生，我把她留给了鲁迅文学院。

此时，画室相当安静，一切在倾听花开的声音。我的灵魂一路狂奔，若有似无地寻觅那些不知所终的过往。城市的喧嚣，生命的沉沦，一切被羽化成了最初的模样，只听见来自童话天籁般的呼吸，然后自由地落在画布上的声音，我用五颜六色的颜料演绎我年轻生命的色彩……

我相信每个人都有一个秘密的世界，有时生活在这个世界，真实的自己又在另一个世界。我将浓墨挥洒，或轻快，或激昂，潇洒自如。一树梅、一片海、一座房屋，在我的指间完成。

"这温柔的世界伸手可触，我们在土地的深处放牧自己的人生。虽见不到起舞的苏格拉底，但信念依旧微笑着，站在岁月的窗口，洞穿黑洞，去听星的种子发芽，风的草叶拔节……于是，我的生命仿佛深刻了许多。"不知道这首歌是谁唱的，这个不重要，重要的是他已经在我的诗画中复活，起舞，吟唱，燃烧。

一张宣纸，一树梅花，一座城市。

诗画让我的世界延伸无穷的力量与希望。我在简单的宣纸上行走，打造诗意的空间。荷、梅、石、树、鹿以及展翅飞翔在高空的鸟儿，或轻灵脱俗，或厚重向上，清晰地彰显着我的思想。一树梅在悄然绽放着，淡淡的清香从很远很远的地方飘来……

今夜，梦在画案上绽放。

坐上秋天的火车

已记不清从什么时候起，就再也没有坐火车了。读小学的时候跟着母亲走亲戚坐火车，读大学的时候，更是与火车结下了不解之缘，每个寒暑假，是在火车鸣笛声中开始和结束的。工作了，几乎是赶着回家，赶着工作，常常跟时间赛跑，所以选择了昂贵的飞机，在飞机上飞来飞去，于是，火车从我的记忆里渐渐远去。

今次，全家外出，前往烟台拜访书法界的老前辈西泠印社的刘云鹤老师，原来一家子商量乘火车前往，尤其是十岁的女儿小贤子，更是嚷嚷着要坐火车，经过一番周折，我们还是订了广州飞往烟台的机票，小贤子的失望是不言而喻的，而我内心深处也有一丝不安，因为，在此之前，我是答应了女儿坐火车的。小贤子从出生到现在，已随着我们夫妇飞遍世界各地，可就是从来没有坐过火车，于是，坐火车成为她心中最美丽的心愿。

烟台访友的日子很快结束，就如烟台秋天的风儿，吹得很快也很轻。我们于是又策划着预订从烟台到北京的火车票，正值国庆假日期间，火车票比较紧张，先生为了确保能订到火车票，还跟着刘老师亲自前往火车站订票，为此小贤子着实欢呼雀跃了一阵子，当我们在老师家的客厅里静静等候时，先生的电话到了，女儿抢过电话，不等爸爸发话，就直着嗓门喊："爸爸，买到火车票了吗？"从女儿失望的声音里我感觉到，先生一定又是订了飞机票，果然，北京的几位朋友听说先生前往北京，早早就预定了晚宴，说是有要事商量，于是先生的火车票变成了飞机票，小贤子的失望又是不言而喻的了。

热热闹闹的北京行接近尾声，为了能坐上火车，小贤子变得极乖，跑上跑下，不是替我拿报纸，就是替爸爸拿烟灰缸。终于决定要走了，我坚定地对先生说："这一回无论如何都要坐火车！"我看见小贤子的眼睛里闪过一丝亮光。

"我们要坐火车啦！"小贤子手里拿着像扑克牌一样的火车票，高兴得在房间里蹦来蹦去，她说："妈妈，火车票长得比飞机票小一点呢。"看她那高兴的样子，我和先生都乐。多年来，因为工作，我们奔波在世界各地，都是在空中飞来飞去，与火车几乎绝缘，今次，跟着小贤子要登上秋天的火车，那股子心境可别提有多高兴了。

我们整整提前三个小时到达北京火车站。无数次来北京，却是第一次踏进北京火车站，远远望着古色古香的火车站大楼，内心充满激动。

不知道啥时候下起了小雨，秋天的风夹着小雨，心情格外地爽，我们一家三口可是街头的一道风景，背心、短袖、短裙，跟大街上围巾、毛衣、西装的人群形成鲜明的对比。我们跟着长长的人流往火车站的检票处移动，终于到了安检大厅，小贤子很认真地把身上的小包包、手机等小玩意一股脑儿就放在检查机的传送带上，旅客和警察姐姐都笑眯眯地看着她，瞧她那认真的样子，我忍不住轻轻喊了一声："傻孩子，这不是坐飞机，不要那么认真。""呵，火车上这么多人，更要严格检查才对呀！"小贤子扑闪着黑白分明的眼睛对我说。"是呀，是呀，小朋友讲得对，火车上人多，更要严格检查。"站在安检机旁的几位警察几乎是异口同声地附和着小贤子。旅客们也在一片笑声中把自己的行李放在了黑色的传送带上。

走进候车室，小贤子看到人头攒动的场面，惊奇地问我："妈妈，这么多人都是来坐火车的吗？平时你为什么不带我来坐火车呀！"等不及我回答，她又大声说："哇，这么多人喜欢火车，坐火车一定很舒服。"周围的人都被小贤子的兴奋感染了，旅客们纷纷回头报以温馨友好的微笑。我的小贤子就像一个快乐的小天使飞进了美丽的大花园，一切对她来说是那么地新奇，一直就听见她在嚷嚷："妈妈，你说火车长得跟地铁一样，可是地铁站里没有这么多人呀。""妈妈，火车上的床跟家里的床一样大吗？"她的问题太多，我无法回答，只是笑眯眯地看着她。

跟着人流走进站台，那股熟悉的味道——煤烟味道轻轻深深穿过了我的胸膛，直袭心扉，一阵阵眩晕的感动，十五年了，整整十五年没有坐过火车了。十五年前上火车下火车，每年都有好几次，原来，我的爱恋，我那童年的笑声一直就遗留在长长的轨道上。"妈妈，是什么味道呀，刺鼻呢！"小贤子紧追着我，打断了我的思绪。"是煤的味道，开火车用的。""呀！火车是烧煤的吗？"小贤子感觉更惊奇了，我说："是的。"我不知道现在的火车是不是烧煤，在我童年的记忆里火车一直就是烧煤的，也许随着现代化的发展火车早就不用烧煤了，不管那么多了，以后再慢慢解释给小贤子听吧。先生英辉也显得很激动，温柔的目光一直追随着蹦蹦跳跳的女儿。他一言不发地拉着行李箱走在人群里，静静地享受着女儿和妻子带给他的那种刻骨铭心的欢乐和真正的甜蜜，我从他的眼神里就能读出来。

8 号车厢 5 号房 17、19 床下铺。

上了火车，小贤子一步并作两步跳进了 5 号房。"妈妈，今天这间小屋子就是我们的家了！"她左看看右摸摸，嘴巴、小手没有停过一刻，"这么小的床，只能让我一个人睡呀。"小贤子不管三七二十一脱了鞋子就跳上了小床，先生慢悠悠地给她讲一些关于火车上的小常识，什么火车行驶的时候不能在床上喝水呀，什么从上铺下来时要注意踩好踏板，抓稳床杆等等，小贤子根本就没有听她爸爸讲什么，只是一个劲地自看自乐。我一一把背包里吃的东西拿出来，放在桌子上，我们的旅行就此开始。

　　火车启动了，小贤子兴奋地喊："爸爸，火车在跳舞呢，小床不稳呀。"我们都被逗笑了："傻丫头，火车在铁轨上跑，床当然会发抖。"上了火车，我们一家三口可是乐坏了。先生一会儿带小贤子去硬座车厢走走，教女儿看看坐火车的另一种景象；一会儿又带着小贤子到火车的餐厅里，要上一杯咖啡，一壶热茶，美美地喝着，父女俩的节目一直在火车摇摇晃晃中进行着。透过车窗，窗外一片灯火通明，不知又到哪个城市了，这时手机的信息铃声轻轻响起，打开手机一看，是来自河北保定的信息，不用说，窗外那座城市一定是保定市了。而这时我们已坐上秋天的火车离开了北京。

像冰心先生一样

爱上涂鸦式的绘画和散淡的爬格，使我快乐，然而也很寂寞。我常常在文字与绘画间徜徉徘徊，满心流淌的就是幸福，哪怕是在雨夜里骑着我那枣红色的马儿在家乡的草原上流浪。拿起画笔，我涂不出沉重的画面，满目磅礴的山峰和宽阔的大海，还有那望不到头的黄河。我沉浸在沁人心脾的墨香中，感觉自己正跨着马儿飞奔在漠北草原上，穿过腾格里沙漠；轻拂黄河边上的柳树，穿过繁华的都市。

从小到大，冰心先生的文字深深镶进我的肌肤甚至是脑海里，我这样热爱绘画和写作，除了父亲和母亲的引导外，大都是因为我钟情于冰心先生的文字。

我做过小学老师，尽管现在我在大学当老师，我依然爱孩子，我从心里感知孩子们需要什么。我从课堂开始尝试给孩子们写，给孩子们画，没想到，孩子们喜爱至极。其间，我也一直在读冰心先生的美文。每品一次，内心的感受得到一次升华。我热衷文学，并为自己拥有这样的心迹历程感到自豪。先生在文中写到，她读书期间学习成绩也并不优秀，经常和同学之间有小别扭，但对文学、对美的倾诉与时俱增，这些简单的叙述是我身边和我身上正在发生的事，我好激动，感觉好像是先生把文学的血管接在我的身体里了似的，还和我争辩一些可爱的问题，包括寂寞、孤独……

我从此没有把先生看作圣人，更加深深爱她。

我常常跟先生在心灵上对话，这让我倍感亲切。我看到了一位爱孩子的人和她的文学经典是怎样长久地活在普通人心中，并给他们的身心带来欢乐。跟先生交流的时间越长我越感到孤独。这样的说法想来有些可笑吧？但想到走在先生的文学世界里，享受着自己热爱的绘画，我就知足。我喜欢这样的孤独，我也要和先生一样，认真对待文学并坚持给孩子们写，我知道这条路很艰辛。

我曾经写过一本书——《自由空间》，在书的后记中我写道：

> 再也没有比儿时记忆里那一地的野花更让我激动的了。我生长在天苍苍野茫茫的漠北草原，春天来临时，先是草原上的草一点点地软了，一点点地绿了，渐渐地就有了微微的褐红色，柔柔的光泽，

不经意哪一天，当风儿唱着歌从身边走过，草原上便荡漾起一片五颜六色的花海。秋天来了，风儿俯下身子从草尖上掠过。草是坚硬的，风是坚硬的，它们戏弄出很大的声响，将一排排绿浪推向极目不及的天边。十岁那年跟着父母南下，从此便远离了草原。梦中，曾多少次漫步在湿漉漉的草地上，让露水打湿裤腿，凉凉地浸入肌肤。激灵间，但见天地相接的地方，一马平川，没有阻隔，没有楼房，没有高架桥，也没有灯火辉煌的喧嚣，有的只是一份豁达与坦荡。经年后这些美好只留在我记忆深处。

爱上文学和写作，承受无止境的寂寞。在我笔下，什么都有可能发生，但我还是感受到不安和寂寞，总感觉前面有着数不清的山峰、河流、大海，而我都要一一跨越，尽管现实中的奔跑是陌生而又遥远的。茫茫人海中，我们都是赤裸裸的泅渡者。喧嚣和浮躁，这些东西不断来撕咬我的身体甚至灵魂，可是我依然坚持自己的文学艺术道路。我知道，要做到真正给孩子们写好书、画好画是一件不容易的事，但我会努力并坚持到底，就像冰心先生一样，我对此深信。

日子就像搭乘火车，上上下下，一拨人聚在一起，一拨人又远行。时间久了，有一些朋友滞留在生活的记忆中，尽管外貌和身份有差异，可是精神世界是相通的，大家彼此间相互欣赏。叙利亚诗人阿多尼斯曾经写过《我的孤独是一座花园》的诗。在他眼里，诗歌至高无上，孤独是一座花园。画家凡·高苦苦地画着向日葵，他是在寂寞中描绘燃烧的生命。他的灵魂里有一轮常燃不息的太阳，他把孤独的生命燃烧成一轮太阳。芬兰诗人伊迪特·索德格朗说，寂静没有回声，孤独没有镜子，淡蓝的空气透过所有的裂缝。

我自赏孤傲，我会保持对生活的感恩，用文字、绘画去影响孩子们的精神世界和高贵的心灵，就像冰心先生那样。我知道这是极不容易的。

镜头前的故事

　　周末回香港。跟一拨朋友去爬山、摄影、看冬天的海。

　　一路上，看着伙伴们相互嬉戏，我也跟着喜悦。香港山顶，多是游客。伙伴们围坐在草地上除了吃东西就是聊天，清清爽爽的笑声不时引来过路者的回头。我爬到不远处的一块石头上，除了偶尔抓拍伙伴们打闹的镜头，就是静静看远处阳光在云彩里穿梭，看人们潮水般向紫荆广场涌去。一群小鸟飞过，它们在金黄的光彩里以一种轻盈的姿态飞翔，我的心也开始飞翔。此时，风儿很轻，轻得摇不动纤细的小花。冬天的香港依然阳光灿烂，尤其是在山顶，你可以俯视整个香港岛。小蜜蜂嗡嗡叫着在阳光中穿行，空气里有春天的味道，也夹杂着些许夏天的味道，这就是香港。

　　想抓拍一些香港的全景，不去理会旁边叫嚷着的伙伴们。我迅速安好相机的支架，把镜头慢慢地对准山下，眼前一地的金黄。想起诗句"赏心悦目三两枝"，心里有一种说不出的清香和甘甜。回头再看看侃着大山的朋友们，一种恬静、芬芳紧紧缠绕着我。在小小的镜头里，我看见了许多孩子的笑，母亲的笑，父亲的笑，还有那些小生灵的笑。阳光从树隙间洒落下来，布满我的镜头。山下欢乐的人群，山上拥挤的游客。一切都成了我镜头中的故事。中午时分的香港，气温偏高，我的衬衫也被汗水浸透了。

喜欢看冬天的香港，一切都是那么温暖。尤其是此时我镜头里的世界，是那么温暖。朋友们说读我的文字，心很安静。我想，大概我的文字是在恬静的世界里完成的吧。我常常把疯狂工作后的心情放在文字、绘画、摄影里，这样我的心才不会慌乱。生活处处纵容着我，无论做什么，都快乐无比。

喜欢笑的我，心里满是干净暖色的记忆。我不会为琐事去争论，或者跟同事、朋友计较工作和学习上的小事，我努力把快乐和认真放在生活里，就像此刻对着镜头寻找生命里喜欢的东西一样。

写文章，我快乐。

泼墨挥毫，我快乐。

背着相机满世界跑，我更快乐。

我把笔下的文字变成五颜六色的画留在宣纸上、画布上、木板上。当我借口说我的脾气不好而要大声争吵的时候，我听到自己的心脏剧烈地跳动，我听见父亲暖暖的男中音："小孩子哪里来的脾气，笑一笑，笑一笑。"于是，坏脾气在瞬间跑得无影无踪。我珍惜生命中的每一个人和每一件事，我习惯把这些用文字、绘画、摄影的形式记录下来。这个时候，我的世界绝对是安静的，欢喜的。

那一组走在石板小路上的一家人，那一组围坐在草地上听音乐的年轻人，那两个背靠背读书的年轻人，这些我熟悉的景物和人物都成了我镜头里的故事。还有，远处大海上的帆船和邮轮，紫荆广场上的人流，国际会展中心的灯光，也都在我的镜头里。最喜欢的镜头是，头发被风吹乱的小女孩，在咸涩的海风中独自行走在海滩上，任海浪击打裤管。我不会让我镜头里的你们孤单，不会让我的文字和绘画寂寞，更不会让我的摄影孤独。我要让所有的人看了我的作品都开心地笑。

风吹起我的头发，感觉有些凉意。

此时，所有一切都是美的。包括相机，还有身边的朋友。

接近傍晚时分，伙伴们开始了山顶的派对，他们嚷着要我的相机对着他们，听他们唱歌看他们跳舞，把这些充满激情和快乐的故事装进我的相机里，若干年以后，回过头来再看这些镜头，一定感慨万千。起风了，我闻到一种熟悉的淡雅的清香，循香闻去，就是紫荆花在恣情绽放。

紫荆花是香港的市花，大街小巷和山坡上到处都是紫荆花树。紫荆花一年四季都开放着，无论刮风下雨，只要有阳光，它就发芽，开花，抽出嫩叶儿。

细看立在我镜头不远处的几株紫荆树，树干魁梧，魁梧的枝干上居然开着这样淡雅的花，而且很茂盛。紫荆花的繁盛，令我惊诧，平时经常看见它，却没有细细观赏。而此时，它就在我眼前热烈地开放着。几种不同的颜色，紫、白、粉、赤。跳跃着，喧嚷着，点缀着。一阵风吹过，听到一种细细的沙沙声从耳边走过，回头看时，才知道那是花瓣落地的声音。它们在风中优雅地飘落，一片、两片、三片……

到处是紫荆花的香。树下走过的游客，不时捡起弯曲细碎的花瓣。

一花一世界，一叶一菩提，紫荆花的世界是什么呢？仔细看时，紫荆花一个挨着一个，灿烂绽放在枝条上。它们互相拥挤着，却又整齐地小手拉着小手，花瓣拥着花瓣。最好玩的是，五片花瓣紧紧相拥，在花蕊露出头的地方，突然，分开一个大缺口，好让细细长长的蕊芯把头探出去。

喜欢紫荆树，喜欢紫荆花。

镜头前的这些故事，除了山顶和山下的人流，还有这些四季都绽放着的紫荆花。即便是在冬日里，只要有阳光，哪怕是树叶落尽，它也照样能发芽开花，尽管花儿稀少，从树梢看去还是有着别样的情趣，异常美丽。

　　咔、咔、咔、咔……我的快门在朋友们的欢笑声中响个不停。今晚镜头前的这些故事也因为紫荆花而永远停留在我的记忆中，无论春夏秋冬，都会在暖暖的阳光中绽放。

天　籁

　　童声是音乐中的天籁，儿童文学是文学中的天籁。

　　儿童文学，让人类在儿童时代体会一种爱的关怀，感受阳光的温暖。将人类最美好的精神资源传授给幼小的生命，感受精神的圣光。古往今来，优秀的儿童文学作品吸引了无数的大人和孩子，成为文学界的经典。儿童在儿童文学作品中感受乐趣，乐趣在心灵自由中欢快生长，他们不受干涉地用自己的心灵感知世界，感受事物，感受人，感受美好。我想，儿童文学应该是这样一个世界：让孩子们的想象飞起来，让他们在脑海里有一个属于自己的世界——一个充满诗意的世界；一个充满快乐和欢欣的世界。它是爱的海洋，滋养每一个幼小的生命；它是爱的精灵，引导孩子走向精神的彼岸。

　　随着人类文明的进步，儿童从丰富多彩的大自然中被排挤出来，从家庭到学校，从学校到家庭，都是在家长和教师的管教下生活，没有自己心灵的空间。就我有限的阅读经验来说，中国真正意义上的儿童文学还是太缺少了，我们所读到的多是一些带着幼师口吻甚至是导师口吻的文字。尽管有的轻声细气、和蔼可亲，但还是掩饰不住急于说教乃至训诫的冲动。

儿童文学的成人化甚至在"灰色童谣"中都有所体现。以现实教育为基础，以教化为目的，可以说是中国儿童文学的基本特征。充斥作品中的是大人的人生观、价值观和成熟得近乎世故的思维方式，唯独那自由、生动、丰富、无边无际的想象力却被压缩在一个局促偏狭的可怜巴巴的空间里，而这恰恰是最值得我们加以呵护的儿童天性。

有一种声音可以称之为天籁，给我们一种空灵的、身临其境的感觉，那就是童声。有一种文学被称为天籁，给我们想象力，瞬间让我们感动不已，那就是儿童文学。

我听见春天的脚步

听，那是春天的脚步

清晨六点小鸟们叽叽喳喳地把我叫醒

早晨像露珠一样新鲜

天空发出柔和的光辉，澄清美妙

阳光照来，心情如花朵般绚烂绽开

有时我想念，有时我哭泣，
院子里的秋千可以证明
此时，我就在花园的石头上坐着
沐浴着早晨的阳光和淡淡的雾
倾听春天的脚步
思念家乡草原上马粪的味道

这是一个幸福的早晨
水磨旁的茉莉树已发芽，不停地把芳香送来
我的思想也飘散在清晨的水波里
和着草丛中低吟春天的小虫虫

浓郁的泥土味跟着风穿过我的花园
啪嗒，啪嗒……
听，那是春天的脚步声
她从柏树林款款走来，花园里顿时热闹起来
啪嗒，啪嗒……
我的思念也在春天的脚步声里不再惊怯和羞涩
……

第三章

阳光落地的声音

田埂上的花儿开了，山崖上的小树发芽了。

我在画画，小鸟在窗外唱歌。

——张怀存

不曾老去的地方

2000 年的一个夏天，我们一行人终于到了伦敦，虽然已是晚上九点多，可天还没黑。夜凉起来了，凉得让人有些发抖。在朋友的安排下，我们住在了郊区的一家酒店，这是一幢由老式公寓改建的酒店，说是四星的，但是，地板有斑驳的痕迹，窄窄长长的走廊，灰颜色的大厅，大厅西侧有布置得极雅致的小酒吧。都说英国人很悠闲，此言不虚。在我们入住的酒店，我们等了将近一个小时才拿到房间钥匙，这个时候，国内该是凌晨四五点钟了，我们几个已经困得不行，我早已睁不开眼了，一进房间，胡乱抹了把脸，便倒头大睡。由于时差的关系，天刚开始放亮我就醒了。我的房间里，有一个偌大的阳台，很宽很高，像一个小床。阳台正对着宽宽的马路。我懒懒地趴到阳台上，倚在窗边眺望街景。一个极其平常的清晨，错落有致的楼房，整洁宁静的街道，绿草如茵的旷地，几辆闪着前灯疾驰而过的轿车，偶尔有跑步的人经过，也许这就是伦敦郊外特有的乡村气息吧。我轻轻推开窗户，风儿轻轻吹来，瞌睡好像醒了一大半。

酒店的早餐很丰盛，餐桌上有一种希腊当地特有的面包，黑黑的，硬邦邦的，我拿起来就啃，尽管觉得牙床有点发软，但面包的香味直抵心扉。接着服务员送来了当地的奶酪、面包、火腿和熏肉，都很可口，我都一扫而光。看见我吃得不亦乐乎，朋友惊奇地瞪大了眼睛，他一定以为我是饿了三天三夜。

接下来的观光活动被朋友安排得满满的。我们乘坐的旅行房车十分舒适，前面几排是面对面座位，中间有张桌子，可以打牌甚至打麻将。车走得很顺畅，沿途看到的多是些古色古香的建筑物，红白相间的房子，窗台上有鲜艳的盆花，点缀着斑驳的岁月。

如果，每个城市都有自己的代表色，我认为伦敦是灰色的，那种燃烧过后的落寞的灰色。在伦敦，随时都可以遇到行色匆匆，不苟言笑的英国人，那隐藏得很好的很有教养的傲慢神情，让你渐渐体会什么是风度，什么是优雅。我们的第一站就是威斯敏斯特大教堂。远远地，我望见威斯敏斯特大教堂的尖顶。没多久便到了大教堂，大教堂人山人海，我就只用了半个小时的时间转了一圈，因为教堂内人太多，人挤人，根本无法认真观看和体会我想要的东西。我们在大教堂的咖啡厅里喝了一杯咖啡就奔往圣保罗大教堂。所以在书上看的关于威斯敏斯特大教堂的故事无法在这样短的时间里体会，威斯敏斯特留给了我太多的感想。直到若干年后我们一家移居伦敦，我带着我的学生无数次地在威斯敏斯特大教堂上课。

我和朋友慢悠悠地走在伦敦的景区里，一边拍照一边侃大山，与其因无法欣赏威斯敏斯特大教堂的真正面目而遗憾，不如好好享受伦敦街头的美丽风景。路边的长椅上三三两两地坐着几位脸色红润的老人，他们不时朝我们友好地微笑，一派"夕阳无限好"的模样，不远处的草地上小朋友们互相嬉戏追逐着，其间，许多不知名的鸟儿从头顶飞过，天蓝得出奇。我们要去的下一个景点是大本钟。大本钟坐落在泰晤士河畔议会大厦的北面，高耸的塔楼上镶着一只重达约十三点五吨的巨钟，每隔一小时，大本钟便开始自鸣，它那悠扬洪亮的声音即便是数千米之外也能清楚地听到。大本钟铸造于1858年，由当时的皇家工务大臣本杰明·霍尔爵士监制，耗资二万七千英镑。作为伦敦市的标志，大本钟不但巨大而且华丽，有四个精雕细刻的钟面。从大本钟开始为伦敦城报时起，已将近一个半世纪，尽管大本钟曾两度裂开而重铸，但在伦敦人的心目中，它深沉的声音早已嵌入人心。

看大本钟的最好时机是入夜后，在灯海的烘托下，它恍如浮在半空中的神殿，如梦似幻，能引发人无穷无尽的遐想。位于 Westminster Bridge（威斯敏斯特大桥）的南面桥头，与 Houses of Parliament（英国国会大厦）相连，是伦敦的传统地标，坐地铁在 Westminster 站下车，便可到达议会大厦，也就是现在通称的国会大厦。这是一座哥特式的华丽建筑，呈长方形，古典式的拱门，装饰精美的列柱与高耸挺立的尖塔，气派雄伟。每次国会开会时，其南面的维多利亚塔塔顶就会挂满国旗，一片片旗子迎风飘扬，看起来非常壮观。它的房间数目超过一千间，有一百座阶梯和十一个中庭，走廊长度共计三千米。本来游客是可以入内参观某些地方的，不过自从美国发生恐怖袭击事件以后，便禁止以观光的名义进入国会大厦。

离开国会大厦后我们又直奔伦敦塔。

伦敦塔其实是一座城堡，始建于 1078 年。它在历史上既做过王宫，也做过法院，后来却变成了一所监狱。它有用巨石筑成的高大坚固的城墙，城墙上有炮台和箭楼，城墙下是一条又深又宽的护城河。据说，从 1107 年诺曼征服伦敦后，这里就成了国王行辕总署和兵营。从十一世纪到十七世纪，该地一直是英国历代国王的主要住处。英国暴君詹姆斯一世在塔内被处死之后，伦敦塔便改为监禁犯人的牢狱和刑场。伦敦塔现在已经成了一座博物馆。里面有个珍宝馆，在那里可以看到英国历代国王的王冠以及王室珍藏的金银珠宝。在我看来，伦敦塔里面最值得看的是不停播放着的 1953 年伊丽莎白小姐加冕女王的盛大典礼。古堡中还有一些身体肥胖被称为"渡乌"的大乌鸦，有专人饲养。伦敦塔有千年的历史，堪称伦敦最悠久的古迹，游客每年达二百万人。在出入口处游人可以看到两名身着古老的都铎王朝制服的禁卫，这些"古老卫士"，成了游客欣赏和摄影的对象。

距伦敦塔仅有一箭之地的伦敦塔桥，与我的想象相去甚远，站在江边，我有一种回到广州的感觉。泰晤士河与珠江的宽度差不多，塔桥的外观也颇似海印桥，所不同的是伦敦塔桥已有一个世纪的历史，桥的内部还安装着能开启桥面的动力设备，遇着过往的大船，它便缓缓打开以让船只顺利通过。尽管伦敦塔桥并不像我想象中的那般雄伟，但我们还是在这里留下了许多笑声和照片。这天我们还看了白金汉宫和唐宁街 10 号英国首相官邸。白金汉宫从维多利亚女王时代迄今，一直是英国王室的府邸。宫内有典礼厅、音乐厅、宴会厅、画廊等六百余间厅室，此外，占地广阔的御花园里花团锦簇美不胜收。皇宫广场立着一座插着双翼的胜利女神金像，在阳光的照耀下金光闪闪，凌空欲飞。白金汉宫的皇家卫队每年 4 月至 9 月都会在上午十一点到十二点举行换岗仪式，在军乐和口令声中进行各种列队表演。其他月份则每两天举行一次。皇家卫队的表演尽显王室气派，常常引来围观的路人和游客。与白金汉宫的奢华成鲜明对照的是唐宁街10号英国首相官邸。门口除了有一名警察站岗外，看不出它与其他民居有何差别，不过，它却是世界上出镜率最高的门口之一。

大英博物馆是最值得看的地方。它位于伦敦市中心，格雷·拉塞尔大街北侧，全日免费开放参观。这里珍藏的文物和图书资料异常丰富。共有藏品四百万件。除了古罗马、古希腊、古埃及、古印度和中国的历史文物及艺术珍品外，还拥有世界各国的大量经典文献、书籍、手稿、档案，其中不少还是世上仅存的孤本。据说，仅馆藏的中国书刊就有六万多种。博物馆的前身是大英图书馆，历史上许多著名学者、政治活动家都曾在这里博览群书，进行研究和写作。

在伦敦游览，最好的方式之一就是乘坐伦敦特有的红色双层公交车。如果想乘坐网络广布的地铁，只花几个英镑你就可以来去自如。

伦敦有许多景点，不管是古老的还是新建成的，还有很多露天表演，游客都可以免费观看。伦敦不仅是英国的金融中心，也是各种时尚潮流的引领者。在这里，著名的专卖店，特别是英国的名牌店，常常坐落在一条小路的僻静处。这里门面并不太大，即使那条名牌汇集的所谓的商业街。这里的橱窗布置也从不迎合大众口味，颇有些孤芳自赏的清高。

在伦敦享受夜生活，很多酒吧会上演免费的现场音乐表演，只是我们没有时间光顾，现在想起来有些遗憾。如果你到伦敦正赶上周末，那么一定要到周末市集逛一逛，这里的商品充满了民间色彩，不论是维多利亚时期的老古董，还是叛逆前卫的庞克行头，或是其他价格便宜的小商品，都可以在伦敦各个大小市集中一网打尽。逛累了，我们找一家小茶馆，挑一个靠窗的位置，要了一壶英国伯爵茶。就这样，慢慢地品尝，看着外面路上的行人，心里泛起暖暖的满足。

晚餐后回到酒店收拾行李，准备赶乘高速列车"欧洲之星"前往巴黎。尽管世界浪漫对我们极具诱惑力，但我还是渴望在离开伦敦之前，能望一眼曾经帮助英国人成功阻拦了纳粹铁蹄继续西进的英吉利海峡。

我趴在车窗前望呀望，却没想到穿过广袤的田野之后，列车一下子驰进了灯火通明的海底隧道。那道蔚蓝色的海岸线，也因此成了我心中的一道幻影。

这些记忆都是二十几年前的伦敦记忆。当我再翻看这些记忆时，我在伦敦已经生活了十多个年头。而每年我也会自己开车前往巴黎去写生，我是每年都真正地穿行英吉利海峡。

难以忘却的美

巴黎本身就是一个迷人的字眼。它说不完，道不尽，一代代的艺术巨匠在巴黎宏阔的舞台上匆匆走过，把无数动人的事迹和永恒的美，凝固在卢浮宫的每一块砖瓦里，投映在塞纳河的柔波中。没有哪一座城市像巴黎那样把生活与艺术如此完美地融合在一起。

巴黎有三多——情侣、鸽子、狗。而且，不管少了哪一样，就没有巴黎味！我很喜欢巴黎，就是因为这三样。在飞往巴黎的飞机上我就对朋友说："如果有烦恼就到法国来，这里绝对让你的心情好起来。"我的话还没有说完，朋友就大笑起来，我知道自己又吃亏了，因为这家伙知道我是根本没有烦恼，也不可能有烦恼。看他笑得如此开心，我又想整整他："嗨，笑这么大声不怕被飞机上的机组人员批评吗？"我一本正经地对他说，还做了一个把食指放在嘴边的动作，果然朋友不作声了，他是一个非常注重礼节的人，如果真的因为大声喧哗或是其他原因被服务生说了，那可就搞坏整天的心情。我看着他很认真地拍了拍自己的脸不笑了，心里就偷着乐。

诗人里尔克曾说："巴黎是一座无与伦比的城市。艺术与历史的交融使大街小巷里充满了文化遗韵。"我说巴黎更是个沸腾的城市，生活在这里的善良、友好、热情的人们用他们自己的方式挥洒欢乐的色彩，为了怀旧或炽热的情怀沸腾着。太多太多的小说和影视作品把巴黎塑造成了一个浪漫之都。在浪漫的巴黎，巴黎圣母院钟楼前的美人儿和卡西莫多，香榭丽舍大街上的露天咖啡座，美丽的塞纳河，经典的埃菲尔铁塔，藏品无数的卢浮宫，无不流露出超级的浪漫主义色彩。每次来巴黎我的心情就是这般难以平静。其实我几乎每年都来这里，但是我的心情还是一样很激动。

当我远远地望见卢浮宫前那个透明的玻璃"金字塔"时，心情又激动起来，我这样兴奋，不是因为来的次数多，而是因为卢浮宫的设计师就是美籍华人贝聿铭。金色的阳光照着玻璃金字塔，被U形的宫殿围在中间，宫殿别具一格的柱廊建筑也是个好景致。站在玻璃大厅的阳光中，我在心里默默地说：美丽的巴黎，你的诱惑与魅力吸引了所有到此游玩的人，但作为中国人我更感到骄傲和自豪！

在我看来卢浮宫比埃菲尔铁塔和香榭丽舍大街有更多理由吸引我。埃菲尔铁塔和凯旋门是巴黎的一种象征，一种国家历史的标志；香榭丽舍大街是一种招牌，一种现代化城市的广告；而卢浮宫则是一本书，一本超越于政治、权力、金钱的人类文明艺术史的教科书，它给予社会，给予参观者的永远是至高无上的精神财富。

每次走进卢浮宫内我就有些迷糊，因为卢浮宫太大了，在卢浮宫我的眼睛没有放过任何一个值得看的东西。卢浮宫的藏品实在太多，我们还是主要看看"镇馆三宝"。

亭亭玉立的维纳斯女神雕像是第一宝，她比我们在电视和画册中见到的更加美丽，不仅是她体态的优美和身体的柔媚，更不可思议的是她似乎吹弹欲破的半透明的肌肤。这尊失落了双臂的维纳斯雕像，是 1820 年由一个希腊农夫在爱琴海的米洛岛上耕作时发现的。以后几经转手，她被送到巴黎，奉献给了法国皇帝路易十八，并陈列在卢浮宫里。这座庄重、美丽的雕像，曾使无数才华横溢的艺术家为之倾倒。据推测，她是公元前二世纪的作品。有人风趣地称她为两千一百岁的"美女"。好震撼呀，当年，我们的艺术大师是用怎样的心情，花了怎样的心血雕出这样美丽的女神仙？

第二宝是达·芬奇的《蒙娜丽莎》。这幅世界名画放在玻璃罩内，并派有专人守护，还不准摄影，称得上是宝中之宝。这幅画的模特儿是佛罗伦萨侯爵乔贡德的妻子蒙娜丽莎，所以法国人一般把这幅肖像画称为《乔贡德之妻》。听说达·芬奇画这幅画前认真研究了透视原理，画出了当时没有的、照相技术才有的那种逼真效果，尤其是眼神，其间的意义不仅是一幅画，从此还将曾经被贬为"画匠"的画家的身份大大提高。所以，文艺复兴初期的三杰——但丁、彼特拉克、薄伽丘全部是文学巨擘，而后期三杰——达·芬奇、米开朗琪罗、拉斐尔全部是画家。

很有趣的是，《蒙娜丽莎》的画像前经常是人头攒动，我好几次拍摄到的就是几个游人的光头。其实到现在为止，我都看过它六次了，还是看不出蒙娜丽莎的微笑神秘在哪里，也看不出她那永恒的微笑究竟魅力何在，只是感觉那画实在太小了。

展翅破浪的胜利女神塑像是第三件宝贝，虽然头已经没有了，却依然能够感受到她的飒爽英姿，与维纳斯的丰润柔美不同，她是挺拔健硕的，站在乘风破浪的船头，她的微湿的衣裙紧贴在身体上，每一个衣褶都细腻如生，仿佛可以感觉到它的质地，感觉到溅在上面的晶莹的水珠。

卢浮宫艺术博物馆共分六个部分：希腊-罗马艺术部、埃及艺术部、东方艺术部、绘画部、雕刻部、装饰艺术部，我们只走了很少的几个点。而且卢浮宫的收藏品大约已超过四十万件，陈列出来的只是冰山一角。我终于明白为什么朋友会告诉我如果想品味卢浮宫，最好在巴黎住上半年或一年，我想，就是住上一年也看不够这些超级好的艺术品，以后有机会还真是要来这里住上一年半载的，好好享受卢浮宫。

一上午的观光使我们感觉有些疲惫，吃过午饭，朋友回酒店就倒头睡了。我毫无睡意，独自一人走上街头，漫步在巴黎的大街小巷，感受那份只属于巴黎的独特气息。

巴黎是一个古老的城市，她的每一条街道每一幢建筑，无不带着巴黎特有的气质和欧洲古典文化的温馨。此时，你什么都可以想，也可以什么都不想，自由自在，这自然是周围的气氛使然。午后的巴黎比晚上少了一分浪漫，沿着公园里曲曲弯弯的小径，来到了神秘又美丽的大花园，远离了大都市的繁华，坐在鲜花丛中，闻着花香，和美丽的花儿对话，听风儿呢喃，静静欣赏湖面无声的倒影，感觉好极了。

走累了，就找一间露天咖啡馆坐一小会儿，像普通的巴黎人一样，在每个工作日结束的下午，悠闲地坐在路边小咖啡厅里，和几个好朋友一边聊天，一边看书，一边喝咖啡，哪怕是半个小时，几分钟，他们都是那么地开心，那么地悠然。

咖啡馆的确是巴黎一道亮丽的风景线。在一次"什么是巴黎最迷人的东西"的调查中，几百个观光客中，绝大部分竟选择了咖啡馆。由此可见，在某种程度上，巴黎咖啡馆受欢迎的程度已超过了埃菲尔铁塔、巴黎圣母院和凯旋门。有人说咖啡馆是巴黎的骨架，一条路上随机选个门牌号码，十有八九都是咖啡馆。拆了它们，巴黎就会散架。巴黎的咖啡馆已有三百年的历史，而一路发展下来咖啡馆已经成为巴黎文化以及生活的一部分，这也是法国人引以为荣的地方了。

法国文人有在咖啡馆交流或者写作的习惯。多少年来，有无数风流才子曾经从这些咖啡馆走进来，又从这里走出去，他们将优雅放到诗文里吟唱，把诗文融入咖啡中品尝。午夜时分，也只有街边咖啡馆和小酒吧仍然灯火辉煌，人潮如流。这种咖啡馆是巴黎乃至欧洲很多国家的一大城市景观，而数巴黎的最有特点，最为著名。

你如果真想领悟巴黎人自己的，带有某种神秘和感伤情调的咖啡馆，就应该离开闹市区，走向那些窄小的街道，沿着古老的石砖和鹅卵石地面，走进那虽不喧哗却真正味道十足的咖啡馆。法国的咖啡又浓又黑，其味道还不如我们云南的咖啡呢！倒是那怡然自得的浪漫情调才是真正地醉人。

在巴黎的城北蒙马特高地脚下白色广场附近，有一个屋顶上装着长长的、闪烁着红色的大叶轮的建筑，这就是著名的法国式歌舞厅——红磨坊。印象派大师奥古特斯·雷诺阿的名作《红磨坊》使这个歌舞厅蜚声世界。而让更多人知道它的，是法国大导演让·雷诺阿的电影《法国康康舞》和由妮可·基德曼主演的电影《红磨坊》。

红磨坊的历史可以追溯到十九世纪下半叶。那时候，来自世界各地的流浪艺术家，在蒙马特高地作画卖艺，使那一带充满艺术气氛，成为巴黎最别致、最多姿多彩的城区之一。由于艺术活动活跃，蒙马特高地街区那弯弯曲曲的卵石坡路的两侧，小咖啡馆、小酒吧生意兴隆。后来，这些小咖啡馆、小酒吧来了一些舞女，她们穿着带有繁复花边的长裙，伴着狂热的音乐节奏，扭动着臀部，把大腿抬得高高的，直直地伸向挂着吊灯的天顶。当时，英国人称这种舞蹈为"康康舞"。从此，红磨坊歌舞厅在康康舞的乐声中正式诞生。

而今的红磨坊已成为巴黎的一个旅游景点。然而，你是断然找不到电影《红磨坊》里那样的美女的。

第二天早上我们和巴黎的阳光一起起床，然后就一起赶到凡尔赛宫。

凡尔赛宫，这座以香槟酒和奶油色砖石砌成的庞大宫殿，以东西为轴，南北对称，内部装修的突出特点是富丽奇巧，高雅考究。完全是洛可可式建筑装饰风格，给人以华美的感觉。这里是几代皇帝都居住过的皇宫，和卢浮宫相比自是另一番景象。

站在气势浩荡的宫殿建筑群前，阳光刚好笼罩着宫殿前广场上骑马的路易十六的青铜雕像，抬起一只前蹄的骏马似乎正要奋蹄疾驰，路易十六一手指向前方，好像在发号施令。欧洲的皇宫群是呈 U 形建造，U 形的开口处是正东，和中国皇帝的坐北朝南大相径庭，这样设计大概是和阳光有很大关系吧。宫殿 U 形的两边各有三道金色的拱门，那是皇帝和皇后分别进宫的门，进宫之后走过长长的豪华长廊，再在 U 形的中间会合。走进宫殿，那种繁华呀，真的不能用语言表达了，我不停地对伊始感叹"奢侈啊，奢侈!"，可以这么说，这里到处是精美的艺术品。在拱门上，在小喷泉上，在走廊上，不管你往哪里看，都可以发现日常物品已经变成了艺术品。那雕花的木门，雕出精细的凹凸花全部镀上了纯金，初看还真以为全是金饰呢，其实就是很薄很薄的薄金。那些栩栩如生的天顶画，更让人不得不感叹，画家的水平已经高到了如此境界，恍然觉得那不是平面画而是浮雕，那吹动衣袂的风似乎也柔和地拂在了你的脸上，真不知道自己在画中还是画在自己眼中。

凡尔赛宫内收藏了许多世界名画，其中最著名的是那幅有罗马教皇出席的表现拿破仑加冕典礼的巨幅油画。当时画家共画了两幅，一幅摆在凡尔赛宫，一幅摆在卢浮宫。两幅油画几乎一模一样，唯一区别是左侧角落里有并排的四个宫女，凡尔赛宫的这幅画里左起第二个宫女的衣裙是粉红色的，而不是白色的。

在凡尔赛宫众多精美的艺术品中，最吸引我的是皇后的"凤床"。这是一张两米长、两米宽的大床，有一人多高的靠背，与床一样大的华盖缀满了花边，床、靠背和华盖全是手工刺绣的金色锦缎，华美到了让人目眩的程度。欧洲皇室和我们的封建王朝一样特别注重皇室子嗣的血统，所以"龙子凤女"都诞生在这张床上，而且皇后生产时必定有皇室信任的重臣在场"监督"，以防"狸猫换太子"的发生。

凡尔赛宫的花园是典型的法国式园林艺术的体现，望不到尽头的两行古树，俯瞰着绿色的草坪、绿色的湖水。千姿百态的大小雕像或静立在林荫道边，或沐浴于喷池水中。大小花坛一畦一景。青青的小松树被有条理地剪成圆锥形，布局匀称、有条不紊。走进花园里，真的有点像刘姥姥进了大观园的感觉。到处是琳琅满目、色彩鲜艳的花儿，到处是神态各异、形象逼真的雕像。

在凡尔赛宫后花园，我遇到了一位很可爱的种花老人，他在凡尔赛宫的花园工作了四十几年，他熟悉这里的一草一木，他爱这里的一草一木胜过爱他自己。我们在后花园里一路聊天他一路干活一路给我们做了许多介绍，关于花园和花园里的花儿们的故事。他指着花园里的鲜花意味深长地对我说："看到那些鲜花了吗？多么漂亮呀，其实人就是花儿，花儿就是人。"说这些话的时候，他的脸上堆满了笑，尽管他的英语不是很流利，但我都能听得懂，而且很多时候他想表达时又表达不出来，但我能马上感觉他要说什么，当我把自己的感觉告诉他时，他高兴得像个孩子。我知道，那花中藏着他全部的人生和爱。一路上老人家告诉我："生命在于运动，花儿也一样，我每天干活儿，在这花园里浇水施肥，其实是在给自己锻炼身体的机会，同时也给花儿充分的时间活动活动，跟它们对话。"跟这些美丽的花儿对话，多么有意思，我相信花儿能听懂他的语言，他也能听得懂花儿说的话。听他说话，好像是在讲自己的好伙伴或者讲自己的亲密爱人。他还说："跟这些花儿在一起，我每天也不寂寞了。"在法国人看来，喜欢自己的工作就是相当重要的事情了。工作不是终生事业，但无论怎样，热爱工作就是在享受生命。在著名的凡尔赛宫的后花园里，这个就是我们转上一两天都转不完的地方，到处都是争奇斗艳的鲜花，与修剪得干干净净的草地。

每天，我们这位可爱的老先生起早摸黑地修剪枝叶、打扫庭院，多数时间还会带着他的水管和喷洒器到处给花浇水，当我问他："一整天跑辛苦吗？"老人家却幽默地说："直到太阳落山我才会感觉有些困，因为花儿晚上也要休息呀。"四十几年来他一直与花儿生活在一起，因为这个地方不仅给他带来了快乐，更重要的是他从中体会到了生活的乐趣。他说，许多时候他都在感受游客和家乡人给自己的那些真正的感激，当他看见游客们对五颜六色的鲜花发出赞叹时，他就快乐极了。老人告诉我，他现在栽花养花已经是老师傅了，许多园林单位都来跟他请教该怎样打理这些花儿。老人用自己的言行给我们上了一堂生动的人生课。看着鲜花点缀的环境，听着老人对生活诚恳的话语，真的很感动。

"落红不是无情物，化作春泥更护花"，我们恋恋不舍地与花园老人挥手道别，坐上了塞纳河的游船。

船儿悠然地在巴黎的母亲河中前行。塞纳河上的二十多座各具风情的桥梁和绝大部分著名建筑，你在船上就可以将那些美丽的风景尽收眼底。矗立两岸的建筑，容纳了自古希腊以来的各类建筑风格，仿佛一幅渐次展开的建筑长卷。金碧辉煌的亚历山大桥是当时法俄友谊的象征，所以用它的奠基人沙皇尼古拉二世的父亲亚历山大三世的名字命名。桥头石柱顶端的金色雕塑还有桥拱中间的鎏金雕塑都是精美的细节，用相机镜头拉近了距离看还是看不出那样的精细，提醒自己以后一定要带上心爱的望远镜，好将这里美妙的细节之处也看个清楚。

巴黎素被誉为花都，是一个举世瞩目的美丽城市。埃菲尔铁塔，更是城内最宏伟壮观的建筑物。虽然我们在游船上已经邂逅近了埃菲尔铁塔，但是我们真到了塔下还是感觉到震撼。它是现代巴黎的标志，是工程师古斯塔夫·埃菲尔在十九世纪八十年代为庆祝法国大革命一百周年和在巴黎举办世界博览会设计的。塔墩旁有金色的半身雕塑，高三百二十米、重九千吨，由一万八千多个钢制构件和数百万个铆钉组装的塔身就靠这四座水泥结构的塔墩托起。据说这么多钢铁都是战争年代的武器熔化所得，埃菲尔铁塔便又成了和平的象征。

要上塔就要排队买票，我一看，那漫长的队伍少说也有好几百人，估计也得等一个小时左右，心想，晚一些时间再过来。于是，我们几个向广场的方向走去。这是一个很大的广场，有人手里拿着点小东西或荧光棒在广场兜售，朋友说最好不要去招惹他们，他们都是一伙的，否则就无法脱身了，因为，他们纠缠着一定要让你买一些他们手里的东西。

自从美国发生"9·11"事件后，象征和平的埃菲尔铁塔下就有了巴黎的军人。在热爱和平的巴黎，那些美丽可爱的军人，在烈日下那么认真地工作，真让人感动。他们有男有女，都端着真枪，精神抖擞地来回巡逻。金色的阳光照着这些军人的脸，不时有汗水从他们的脸上流淌下来。当我举起相机想拍摄下这一组镜头时，军人们好像知道我要拍他们，而他们也习惯了这样的举动，脸上堆满笑容，更加朝气，眼睛望着我的镜头。他们照样挺胸昂头，两手紧紧握着枪，用鹰一样的眼光扫视着广场的四周。

朋友买到了登铁塔的票，但是还要在大厅排队等电梯。整个铁塔每边各有两部电梯，一次能上十多个人，进入了大厅，拥挤的人群让人几乎没有落脚的地方。想想马上就能登上埃菲尔铁塔，再耐心地等一等吧。电梯来了，聪明的游客马上占据四角能看到外景的有利位置，而小小的我只能被挤在中间当沙丁鱼，什么都看不到。终于到达了铁塔顶部，巴黎市景尽收眼底，塞纳河似玉带般温柔地缠绕着巴黎的纤腰，使其平添了许多的妩媚和风骚。俯瞰巴黎，除了高耸的塔尖，银色的屋顶，整座城被郁郁葱葱包裹着，偶尔露出多彩而富动感的娇美市景。我们居高临下欣赏如诗如画、优雅绝伦的巴黎景色。

当我们依依不舍地走下铁塔时，已经是黄昏了。每当黄昏来临，铁塔看起来就更加崇高挺拔，像一个骄傲的高不可攀的国王矗立在人群中，接受世人的朝拜。我们从铁塔下来，坐在草地上，欣赏黄昏下的铁塔。这时，漫天彩霞，柔云似锦，放眼望去，草地上尽是成双成对的情侣们亲热地相依相偎，浪漫的气氛笼罩着整个巴黎。

巴黎圣母院是一座古老却仍然美好、庄严、崇高的哥特式建筑，被雨果称为"巨大石头的交响乐"。圣母院是巴黎的中心，也是法国的中心。所有的距离皆是以圣母院前门开始计算。法国的每一条路都通往它的前门。所有的法国国王或统治者都曾经到此来纪念重要的节日或感恩。

二十九岁的雨果发表了他的小说《巴黎圣母院》，引起了当时巴黎人对破败不堪的圣母院的极大兴趣，并为圣母院带来了新生。因此，巴黎圣母院在始终保持着历史韵味的同时又拥有现代的风采。而我们所熟悉的卡西莫多生活的钟楼，听说是在小说发表后才建造的，文学的力量有时真是令人叹服。

参观圣母院比进入卢浮宫还要慢，而且要有耐心分两次排队，一次是排参观教堂大厅的队，另一次是排参观钟楼的队。两次参观至少要排一个小时的队，而参观时间只需半小时即可。我不是教徒，参观的目的更多的是对历史和艺术的领悟和研究，但却不可避免地被圣母院的神秘和威严感染。这种感觉从排队进到入口前就已经产生了。进入大厅后不能大声喧哗，不能戴帽子，女士则不能露出肩膀。门旁立着一块大牌子，上面用法语、英语、日语、西班牙语写着同样的要求，不符合规定的确实休想进入。看着身边的游客，大多数是来自中国，可门口的介绍牌子上没有中文，我的心里有些淡淡的忧伤。

彩色玻璃窗是圣母院采光的主要来源，一进院内即可看到五彩缤纷的玻璃窗。尤其是耳堂上的南北窗，彩色的玫瑰花窗最美丽。我抬头观赏着高高大大的窗户艺术，感觉那五彩缤纷的色彩，感受艺术大师们的劳动成果。

凯旋门上有无名战士墓和路德雕的《马赛曲》以及描绘拿破仑帝国出征胜利事迹的雄伟雕刻，这些都是不能错过的欣赏重点。可惜的是我们这次光临凯旋门时它在维修，环境很不理想，也不能接近它，更不要说去欣赏那些画了。我们只是远远地望了望就直奔香榭丽舍大街。

香榭丽舍大街是世界最著名的时尚购物街之一。在这里，即使你不是天生的购物狂，也可以尽情享受购物的乐趣。这里是世界名牌云集的地方，每个店都像一个专题专项的艺术展示厅，你可以在这里自由选择你需要的东西，即使不买，看看也是一种享受。

在我看来，巴黎的商品比较名贵，但价格不算昂贵，而且都是货真价实，只要是你自己喜欢的，在这里购买，一般都会物有所值。尤其是在香榭丽舍大街的时装店和化妆品店中，给人感受最深的是他们似乎并不是在销售商品，而是在推广理念，引领潮流。

巴黎不是一个安静的城市，这不仅因为天空中或公有或私有的直升机频繁掠过，更是因为，巴黎是年轻人的天下。在各个交叉路口，常常会停靠着成排的摩托车，或亮丽的跑车。绿灯亮起，第一个冲出白线的往往是给自己和爱车穿戴了全套装备的青年。城市里，到处闪动着青年们驾驶着拆掉消声器的摩托或跑车风驰电掣拉风的身影。我们在前往凯旋门的途中，就遇到了一大伙开车比酷的男孩女孩。风驰电掣的刺激过后，他们把自己的车子停放在不远处的广场上，大伙聚集在一间小酒吧里，吧台设在路边，金色的阳光暖暖地照着这群年轻人。那种感觉好极了。

里昂的惊喜

与司机们挥手作别的时候，我心头突然涌起一股暖流：人在旅途，最值得纪念的莫过于一份不期而至的温馨与淳朴。里昂，还有相遇于里昂的司机们，就这样给了我一份惊喜。

有河的城市总是美丽的，而同时拥有两条河流，那便是天赐恩泽，美得近乎奢侈了。我们是沿着索恩河左岸进入里昂的，另一条穿城而过的河是罗纳河。都说，罗纳河是男人河，索恩河是女人河。如此说来，里昂便是它们的爱情结晶，掌上明珠了。

这是一座有着两千多年历史的文化名城。耸立在富尔维埃山顶上的白色圣母院大教堂，可容纳万名观众的古罗马圆形剧场遗址，带着意大利风格的十四、十五世纪的古建筑，以及老城区那纵横交错密如蛛网的古巷，无不在默默地诉说着往昔的繁华与荣耀。

大约是一路走来，总是徜徉在古迹与历史之中，因而此刻，我更愿意走近世俗生活，品味一下异国的人间烟火。

自然，老城区是非去不可的。索恩河上有数不清的小桥，随便踏上一条，便可以通往位于两河间的老城区。令人惊喜的是，我们正好赶上了集市日。世界上的集市，大概都离不开川流不息的人流、琳琅满目的货物和热气腾腾的各色美食，当然，还有置身其间的那种其乐融融的温暖感觉。里昂的集市一如欢快流淌着的女人河索恩河，红火，但并不喧嚣。

一踏上撑满了五颜六色遮阳棚的河街，伊始便使劲地吸了几下鼻子："啊，好香！"这家伙的嗅觉也真好使，什么烤面包、烤羊肉、烤泥肠、烤高卢鸡，仿佛那扑面而来的成团芬芳，竟如泾渭分明的织布，是可以条分缕析甚至层层抽丝的。集市上的货物也真丰富，各类果蔬、海产不说，光是林林总总的奶酪就让你目不暇接：阿尔卑斯山极品干酪，里昂软干酪，各种家做黄油和山羊乳酪，粗粗一数，起码也有三五十种。我是不可救药的奶酪爱好者，在巴黎就已经尝尽法国的奶酪，此刻看到这么多的奶酪，就对朋友说："这是我的至爱啊，每样买它一份怎么样？"朋友摇摇头："法国光奶酪就有一千多种，别说买，就是白送你也背不动呀。"

在一处果菜摊，我们买了一盒草莓一袋樱桃萝卜，也不用洗，一路大嚼而去。不觉间我们踏进了四区。石级，又一道石级。街道蜿蜒曲折，起伏不平，小巷子特别多。巷口高耸着红色或赭色的古老大屋，巷道光线暗淡，幽深神秘，据说每条巷子进深都有好几百米，且巷巷相通，状如迷宫。朋友说因为时间到了晚上，不去巷子里逛了，他也怕弄不好半天都转不出来，因而我们只是在巷口张望了一会儿，始终窥探不到个中的乾坤。

里昂不愧是个"美食之都"，星级酒店之多，全法首屈一指。不过要寻美食，并非星级才是首选，地道的里昂风味，其实就在街头巷尾之间。里昂有一种被称为"Bouchon"的小酒馆，专门供应平民美食。点几个私房菜，要一瓶莱新酒或酒馆的自酿葡萄酒，一边浅酌低斟，一边看街上的风景，既解馋，又解乏的。还有更好的去处，若以四区为中心点，往东，可以品尝到著名的阿尔卑斯山乳酪。往南，有普罗旺斯的传统酸茶泡菜。往西，喜爱野味的人肯定大喜过望。往北，法国大餐加美酒。

把美食搬到街边来享用才是里昂的一大特色。走在里昂的街道上，无论是艳阳高照的正午，还是夕照斜抹的傍晚，林荫道边，河沿旁，随处可见成片的白色圆桌和椅子，只要寻得一块景致不错的空地，店家们都乐意露天营业，即便是举办大型宴席也莫不如此。美食与美景，在里昂人的眼里是不可或缺的。这，大概便是吃的极致。与之相比，躲在空调房里的狂吃豪饮，实是不可同日而语。

　　说到美景，不能不提里昂的城市壁画。当你满怀兴致地四处寻找美食的时候，说不准什么时候，或许就在河畔，或许就在十字路口，一面色彩斑斓的墙壁会突兀地直立在你面前。里昂有大大小小几百幅壁画，其中大型壁画就有四十多幅。壁画内容丰富多彩。有名人群像，有平民生活，一一再现着里昂的千年风貌。在四区街口，我们看到一幅上千平方米的巨幅壁画。这幅题为《丝绸工人之墙》的壁画，据说是欧洲目前最大的城市壁画。望着画中昔时的人物与场景，心中不由生起一种时光倒流的感觉。更有意思的是普拉捷尔街那幅名为《大图书馆》的壁画，墙壁上，画满了一排排书架，一册册图书。书脊上作者的名字清晰可辨，他们要不是土生土长的里昂人，就是曾在里昂生活过的名人，启蒙运动的旗手伏尔泰也名列其中。为了与壁画的主题呼应，这幢楼房的底层，还真开了一家不大不小的书店。

　　对于法国来说，里昂是第三大城市，但在我眼里，它更像是一座宁静的小城。尽管有着两千多年的悠久历史，但它并不张扬，也不喧嚣。在男人河与女人河的环抱下，里昂人活得滋润而平和。联合国教科文组织的专家们对淳朴的里昂深有好感，将其与威尼斯、罗马、雅典和布拉格并列为世界文化遗产之城。难得的是，盛名之下的里昂，至今仍保留着那份悠远的纯净与恬淡。

　　离开里昂的时候，在停车场，我们遇到了几位途中休息的货车司机。他们没去光顾路边的咖啡馆，却在车尾摆了个木箱，铺上白布，摆上自备的食品与饮料，边吃边聊，惬意得很。我与他们打了个招呼，不想却获得了热情的回应，他们递过两张马扎（自己做的小凳子），招呼我们坐下来与他们一起分享美点。朋友惊奇地对我说："你也真行，语言不通却照样与司机们推杯换盏，连连碰杯，就差没拍着对方的肩膀称兄道弟了。"

　　时间过得真快，我们要上车出发了。与司机们挥手作别的时候，我心头突然涌起一股暖流：人在旅途，最值得纪念的莫过于一份不期而至的温馨与淳朴。里昂，还有相遇于里昂的司机们，就这样给了我一份惊喜。

梦一样的地方

阳光灿烂，轻风习习，远处几朵白云浮游在蓝天，我们的车子往西去摩纳哥。一路上车子穿过一个又一个隧道，越过一条又一条连接峡谷的高高的天桥，不知道过了多少个山洞多少座桥梁，欧洲中午时分，我们已经来到了意大利境内。简单的午餐后，我们继续赶路，前往地中海，那水茫茫蔚蓝一片的地中海。

我们的车子在高速路上穿行，地中海在车窗外时隐时现。

车子进了摩纳哥，心里也着实欢快起来。地中海蔚蓝海岸在这凹进了几度，前边碧蓝大海，开阔壮美。背后连绵起伏的山峦到这里陡然高了起来，在青山和碧海之间，造物主给了一个美丽又比较宽阔的斜坡，摩纳哥就诗意地散落在这块斜坡上。那一座座高贵精致的房子，建筑风格都属法国式的，宽敞、坚固、厚重又高贵大气，而且房子的颜色很鲜艳，红黄白相间，新鲜得仿佛摩纳哥是才建的新城。还有就是楼与楼之间穿插着公园，绿草茸茸。摩纳哥的人口密度每平方公里近一万五千人，居欧洲之冠，但城市组合宽敞大气，没有高层建筑，绿地空间大，与大自然很亲近。得天独厚的地理环境优势，在这里被规划得像一座艺术城市。

摩纳哥是个赌国。国内城市蒙特卡洛是世界著名的赌城。但是，蒙特卡洛一路走来都是书店，就连摩纳哥最大的赌场——蒙特卡洛赌场的旁边，除了餐厅就是书店。一下车，我们一行几人等不得停好车子，就一头扎进了书店。

摩纳哥就是一个像梦一样的地方，房屋完全是宫殿式的建筑，棕黄色的外墙，红色的瓦，晶亮光滑的大理石圆柱门廊。门前一片花圃式的大广场，鲜花盛放，一草一木修剪得整整齐齐。广场旁有一停车场，凯迪拉克、法拉利、奔驰、宝马、劳斯莱斯、雷诺……各式名车整齐有序地排列着，我想世界上最名贵的车子都可以在这里看得到。

摩纳哥虽然是旅游胜地，但街上并不拥挤，显得干净宁静。街上没有那么多杂乱的店铺，没有很嘈杂的商业气息。我们漫步在大街上，转悠到店里，没有碰到罗马城里那样的乞丐，也没有见到像巴黎凡尔赛广场上兜售小锁小刀和中国丝巾那样的黑人小兄弟。

摩纳哥美丽又浪漫，蔚蓝的天，碧蓝的海，和煦的风，苍翠的山，茂密的树，贵族式的建筑，入时的人，在这里组合得浑然天成，生发出一种浓烈的休闲气氛、浪漫情调，但摩纳哥又确实是富翁玩乐的地方，有钱人的天下。

我们又顺着台阶下到城脚下，紧挨着地中海漫步。站在城高处，俯瞰地中海。地中海今天格外地宁静美丽，万顷碧波，幽蓝剔透；海上没有风，海中清楚地倒映着蓝天白云。

地中海远看蔚蓝如黛，近看更是碧蓝碧清。在地中海的西北岸，当你走在无垠的海滩，温柔的海风抚慰你的心灵，碧蓝的海水浸润你的肌肤。站在海边，扑面而来的墨蓝的海水灌得人满眼都是滋润。让清冽的海风从双颊掠过，睁开双眼，视野所及全是清澈，但仍深不能见底的幽蓝海水，而那幽蓝在船头一头撞成碎玉，白得耀眼，纯净的白色和蓝色，让我们的心也变宽了。

这些柔柔的海风使你浮想万千，这里是哪里？谁打造了它优美的形象？这里是一个不到两平方公里的袖珍小国，至今仍是我记忆中梦一样的地方——摩纳哥。摩纳哥太小了，小得没有海关，没有军队，也没有自己的货币（通用法国法郎）。到法国旅游的人，大多会到摩纳哥走一趟，因为无须任何手续，就像到法国一个城市一样方便。这个小小的国家是一个沿地中海劈开山崖建造的城市，这里如诗如画的秀美风光，极尽豪华奢侈的酒店、剧院、泳池、海滨浴场等等，吸引了世界级的富豪、名家、名人。

　　这里更是我想象中的小岛，一片片白墙红瓦的小房子，看得见湛蓝的水和湛蓝的天，雪白的帆和雪白的云，抑或有时忽然发现自己所处的平台其实正是别人的屋顶，连游客也放松自然地成为画中人。小岛就像那只在白晃晃阳光照射下的小街边阴影里睡觉的猫，安静、平和，但是充满活力。这里给人以地老天荒的感觉，这里，更像是永远处在高光中的净土——天堂。

蔚蓝与紫色

　　地中海温馨而浪漫的风在法国南部海岸线孕育出一座明珠般美丽的小城——Cannes（戛纳），千百年来，它就这样一直静静地坐落在那里，目睹着人世间的一幕幕兴衰荣辱，却坚守着属于自己的那份静谧和美丽，经久不变。

　　我们一行来到这个千百年来静静地坐落在这里的城市，看蔚蓝蔚蓝的大海，看蔚蓝蔚蓝的天空，享受那份静谧和美丽。站在地中海提起戛纳就联想到电影节。每年那么多世界级的明星都会齐集在这里，想必在什么地方一不小心就会遇到国际明星。无论什么时候，当你走在这里，感觉都很新鲜，不会因为没有遇到明星而失望，最主要的是因为这里有着蔚蓝的海，葱翠入云的棕树，有豪华的酒店，有风光旖旎的沙滩。作为蔚蓝海岸的中心点，戛纳是北欧王公贵族游玩的胜地，至今仍能嗅出昔日的繁荣与优雅的豪门情调。漫步在保有历史古貌的市区，立刻能感受异于其他著名度假胜地的特殊风格，而在这个璀璨的阳光城市里，总是可以遇见满脸笑容、和蔼可亲的居民。

最为世人所知的，莫过于戛纳每年5月举行的盛大电影节，自1946年开始举办，是与奥斯卡电影节齐名的世界顶级电影艺术展，拥有极高的学术地位与欣赏价值。这个一年一度的国际影坛盛事，使世界各地的明星、导演、片商、富豪、记者等如潮水般涌到此地，冠盖云集，极一时之盛，全球瞩目。当然，5月影展使戛纳加倍地绽放姿采，那时正好是看热闹，看明星和美女的好时机。丰富而生动的颜色似乎将这里的生活也涂抹得多彩多姿。这里的人们生活得安宁、祥和而快乐，他们都有一颗热情而包容的心，一如他们的美丽故乡，在这里敞开胸怀迎接着来自世界各地热爱自然的人们。

紧接着我们进入了梦寐以求的法国南部普罗旺斯，它是薰衣草之乡。曾经在电视剧《薰衣草》的镜头和故事里领略了那种花语为"等待爱情"的紫色小花。此时此刻站在这一大片的薰衣草花田中，闻着漫山遍野随风传来的香气，心底深处如有清泉流过，真想大喊大叫。抬头——普罗旺斯的天空蓝得通透明澈；低头——漫山遍野的薰衣草让人狂喜不已。金色的阳光洒在薰衣草上，泛着蓝紫的光彩。不知是谁说了一句："看呀，整个普罗旺斯好像穿上了紫色的外套。"多么形象的比喻，不管远看或是近看，普罗旺斯真的像穿着紫色裙子的少女在田野里翩翩起舞，那一地的香味呀在风中摇曳。我不放过任何抒发自己感情的地方，除了端着相机四处奔波外，嘴巴也闲不下来，对朋友唠叨了许多名言：

"嗨，平时出来晒阳光的时间太少了。"

"法国的阳光是金黄色的。"

"享受清澈和蓝天，还享受纯净的空气呀。"

"这里有强烈的光线和色彩，难怪有那么多的画画大师。"

是的，这里的一切都是我眼里的珍珠。

太阳晒在背脊上，不带一丝潮意，晒得骨头酥化，让人要蒸发化作无形，难怪多年以后，我还是那样留恋这里的阳光。我走在整齐的葡萄矮藤间，看那东一块西一块的薰衣草织成的紫毯，风吹来，田野仿佛开始浮移摇动起来，整个人进入一种梦境里。

恍惚中想起开放在我居住的城市里那紫色的蝴蝶兰，想起我常常对那些美丽的花儿的自言自语："紫色，一种和生命一样美丽、一样灿烂的颜色。"我没有想到竟然在法国的南部普罗旺斯"遭遇"漫山遍野的紫色。睁眼望去，一片紫色，闭上双眼还是一片紫色，城市里、山谷里，到处是美丽的紫色，它深深吸引我，吸引前来这里的每一个游客，阳光如水一般流淌，流过紫色城市的大街小巷，田野变成艳丽无比的紫。

阳光灿烂的尼斯

蓝蓝的天，白白的云，暖暖的风，还有热闹的人们。沙滩上的石头光滑、美丽又好玩，最可爱的是尼斯的沙滩上不是细细的沙子，而是大大小小的蓝灰色的小石子儿，走在沙滩上给人的感觉是走在黄河边上。

尼斯干净、漂亮、繁华，鳞次栉比的楼房造型很别致。尼斯最美莫过于它的海滩。弯弯的海岸像月牙，在棕榈树的点缀下一直延伸到目光的尽头。金色的细沙、蔚蓝的海水、雪白的浪花……有多长的海岸，就有多少迷人的景色。尼斯的沙滩很洁净，看不到一点杂物，岸边支着五颜六色的太阳伞和白色的躺椅，人们非常喜欢趴在沙滩上晒太阳，怡然自得地享受着上天赐给的阳光和空气。

沿着海边宽阔的马路前行，不时会看到一些出售小纪念品或风味小食的流动摊档，尼斯海滨的小贩谦恭有礼，摊档周围的地面也很干净。在防波堤的一处豁口，我们还遇到了一帮褐色皮肤的青年歌手，不知是墨西哥人还是巴西人，反正只凭着一把排箫、一串小鼓和一支麦克风，便掀起一片热烈的音乐浪潮。行人围观如堵，高亢奔放的旋律在海滩上空飞扬。

绕过马路，是一个小小的港湾，这里停靠着许多漂亮的游艇，一艘挨一艘挤满了码头，马路边的汽车也停得满满当当。我打开笔记本电脑，斜坐在海边的一个小长椅子上，看路上的行人，看海边嬉戏的人群，敲着键盘，不知过了多久，太阳开始西斜，沙滩上依然人头攒动，我有些不愿离去，于是沿着堤岸走下去。沙滩上有块凸出海面的礁石，上面站满了钓鱼的人。但最吸引我的是另一伙年轻人，他们穿着时尚，席地而坐，沙滩上横七竖八地放着许多酒瓶，有一些已经空了。我快步走过去，一声"哈啰"，便一屁股坐了下来，跟他们聊天儿。不一会儿我们乐得就像多年不见的老友似的。也有游客见状纷纷围了过来，对方也十分热情好客，不停地给大家斟酒，气氛煞是热闹。聊天当中才知道他们是比利时人，在尼斯打工，今天是周末，正好到海边聚一聚，聊聊天，喝喝酒，一解乡愁。他们一听说我是从中国来的，几乎全都欢呼起来。其中一个还极其夸张地拉了个身架，说，中国功夫，厉害！在这次短暂的沙滩邂逅中，我们畅聊人生相互摄影，然后才依依不舍地离开。我们还逛了尼斯的老城区，老城区很繁华，也很干净，一路上不时看见工人们用水龙头冲洗本来就很干净的街道。街边的露天咖啡座，坐满了神色悠闲的客人。一见冒着热气的咖啡我心里就痒痒的，伊始一眼就看穿了我的心思，他慢条斯理地问我："看见咖啡在人家的杯里，是不是开始流口水啦？"哈，这个家伙，这时候还捉弄人呢，我两眼一瞪："这还用说吗，你是不是要请我喝咖啡呀？"没等他答应，我一溜小跑冲进了路边的咖啡馆里。当然啦，埋单的是他，而我也美美地享受了一次欧洲的咖啡。记得啦，尼斯的咖啡很醇很香，不过也是价钱不菲噢。

来尼斯时阳光灿烂，心情也是阳光灿烂。我把尼斯的金色阳光装进旅行袋中，很是不舍地向美丽的尼斯挥了挥手，心中无数遍地说："再见了，最浪漫、最美丽、最具魅力的尼斯。"

我在涂鸦，小鸟在歌唱

白灵是我的笔名。

大家都叫我百灵鸟，也许这和我的性格有关，从小学到中学，甚至到大学大家都这么叫我，我都差点忘了自己真正的名字。1998 年我的第一本诗集《赠你一片雪花》出版，当时，出版社又把"百灵"写成"白灵"。白灵，一个很诗意的名字，所以就将错就错，白灵这名字听起来感觉很好。

喜欢写写画画，把自己的喜怒哀乐写成文字，画成国画，希望自己的作品真的能像百灵鸟一样，给人们带来快乐、开心。

我的父亲是一个喜欢雕刻，喜欢泥巴和剪皮影戏的性情中人，从小性格和善。父亲经常自己制作一些泥工陶瓷作品，非常精巧，备受乡亲和朋友的珍爱，直到现在，父亲的许多作品还被亲戚朋友珍藏着。他常说："人活着就很幸福，要懂得珍惜，懂得吃亏，吃亏是福！"这是我的父亲常常挂在嘴边的一句话。我的母亲是一个艺术感极强的女子，不管遭遇怎样的困难，她的热情和追求都不会消减，除了照顾好父亲，就是把终生未竟之志寄托在儿女身上。

母亲收藏了许多青海的花儿歌词以及本土的国画，母亲的歌喉很清亮，她说话的声音像山泉流水，她唱的青海花儿真是好听，一有空闲，我们姐妹仨就会围着母亲，听母亲唱青海的花儿。

父亲和母亲的为人、品格与爱好，在我幼时的心灵上留下了深深的烙印。我常告诉父母，我喜欢文学，喜欢画画，爱上阅读等，这些，同他们的厚爱和影响是分不开的。

童年的我在孩子的王国里自由玩耍，我常常一个人跑出去玩，听邻居叔叔讲童话故事，开始接触民间口头文学《木兰从军》《聊斋》……这些故事，我百听不厌，越听越爱。在故事里，年仅三岁的我，就知道世界上有一个"卖火柴的小女孩"、一个"稻草人"，我多么希望能找到卖火柴的小女孩，跟她一起玩，给她穿我的棉袄，这样她就不会去找她的外婆，不会冻死在下雪的夜里。

我觉得书里有许多可爱的人物在等着我，那美丽而有趣的故事可不能不知道。到了二年级，书成了我的好朋友，凡是大人们看的《三国演义》《红楼梦》《隋唐演义》《烈火金钢》等等都让我看完了，我从书里感受到友谊的温暖和力量，叶圣陶告诉我是非善恶，冰心让我的童心向往着大海与诗意，柯岩的《小迷糊阿姨》使我知道了每个家庭就像火车一样，每天都在奔跑，张天翼的《大林和小林》在我幼小的心灵里留下了穷人和富人截然相反的形象，格林和安徒生给我描绘了神奇而美丽的世界……

童年的我，读了不少书，歌德、海涅、普希金、托尔斯泰、巴尔扎克、莫泊桑、巴金、艾青、贺敬之、柯岩、冰心的作品和大量的童话，这些就是我认识社会和生活最初的源泉。美与丑、诚实与虚伪，在我心海里有了泾渭分界。人类的同情心、正义感、大自然的美的根须都深深扎进了我的心田。那些描写绿林好汉的小说，也曾使我崇拜英雄，渴望自己长大以后也能路见不平拔刀相助。

记得在读小学四年级时，我在校刊上发表散文《我的童年》，在《中国少年报》发表《家乡》和《我的父亲和母亲》。文章的发表给了我很大的鼓励。我读曹禺的《日出》，托尔斯泰的《复活》……

读小学时，就喜欢写一些好句子在小小的纸片上，我把平时喜欢的句子和语言整理成一本日记，每当课余时间拿出来时，就成了同学们羡慕的对象，更重要的是同学们喜欢看我写的句子。岁月已经带走了我的童年，但带不走我读书的热情和写作的热情。

中学到大学，我的文章深受老师和同学喜欢，一次又一次地发表文章，一次又一次地评奖，给了我一次又一次的鼓励。

我热爱生活，喜欢孩子。大学毕业，我毫不犹豫地选择登上讲台，生活在孩子们中间，跟孩子们一起生活，一起画画，一起游戏，我的年龄、思维及行动都停留在孩子中间。

在当老师的岁月里，我把所有的心思都放在孩子身上。即使是在业余时间写诗写散文的时候，我脑子里也老有孩子们的笑声。我在平凡的日常生活里发现诗，在孩子的世界里寻找灵感。所以我的作品很孩子气，就像孩子们的生活那样丰富多彩，就像孩子们的声音那样悦耳。

我喜欢捕捉人们心中朴素的感情和身边的小事物，然后用自己的艺术特色，将语言的珍珠串成优美的诗歌散文。我作品的调子同我的性格密切相关。我喜欢调子明朗、色彩鲜明、热烈、深刻而充满激情的东西，不喜欢平淡无味的事物。当然，我也会去欣赏淡淡的晨雾、纤细的小花。

我追求美，也希望在我的作品中，让人们看到美的光芒，看到我的思想，我的性格，还有美的世界。当然最大的快乐就是大家喜欢我的作品。一如儿童诗集《铅笔树》的出版，除了孩子们喜欢，家长也喜欢。更让我兴奋的是网上对《铅笔树》的评论多达几百篇。

生活常常猛烈地撞击我的心，使我忍不住想哭、想笑、想唱，使我不能自已地投入生活的激流中。我想，我们生活在这样幸福的时代，我就是要写美，就是要画美，就是要追求美，我的愿望是让我的作品像美丽的使者，送给人们欢乐和幸福。

我在涂鸦，小鸟在歌唱。

火焰之舞

　　火焰之舞，是纯粹而向上的舞姿。没有哪一种舞姿，能像火焰那样，以不可阻挠的烈焰，用摧枯拉朽的方式，把舞推向无可比拟的完美。人们看见自己喜欢的东西，心情定会飞扬，心中充满着一种向往，这种向往将引领着人们走得更远。把自己的心境和梦想以及把自己喜爱的文字绘制成一幅幅五颜六色的画是我一生的幸福。从小到大浸泡在颜料中长大的我尤其喜欢把曹文轩老师的文字画成画。曹文轩老师1972年开始发表作品，而这一年冬天我降临在漠北草原上的土族人家里。从小学开始就读曹文轩老师的文字，他的文字美好、朴素、直抵心扉，他的文字具有特殊的艺术魅力，就跟他的人一样。我常常沉浸在他的文字里看人间百态，我也常常在画布上用色彩线条感受他的文字世界里的万物静止，每每读到好的情景处，我都会屏住呼吸，生怕漏掉一个字。我利用课余时间把自己喜欢的文字故事一一搬到画布上，不知不觉就画了二十几年。

我不停地把曹文轩老师的文字片段搬到画布上、宣纸上，用斑斓的色彩、水墨线条打造各种场景。看书、写书、画书，深陷其间，不能自拔。从最早的《草房子》到最新的《蜻蜓眼》，我都用油画颜料把自己喜欢的文字片段堆积在画布上。

这些年，很多出版社用我的油画作品做了曹文轩老师新书的封面，每一本都做得很美，曹老师也非常喜欢。我觉得就是因为他从我的画里读到了更美好的东西。我用现代主义的表现手法和丰富的色彩，用最传统和古老的油画，把曹老师笔下的人物和故事来了一次不一样的诠释，无论是色彩的涂抹，还是线条表达，都很潇洒也很唯美。曹老师说："世界上只有一个东西是永不衰老的，那就是美。儿童文学应该像诗，或是含有诗的种子。"曹老师在他文字里提倡美，诠释美，我在画布上用色彩展示美，诠释美，所以曹老师每次看到我的画都说很享受。

曹文轩老师不停地写，不停地创作，他和这个世界一齐舞动，他是一个独舞者，他在舞台聚拢的灯光里，做出终极的亮相。如果你跟他多待上一些时间，你就能听到那伴舞的音乐：时而悠扬，时而激越，时而穿越山谷直抵云霄，时而又如梦如幻，就像他的文字……他的内心充满着孩子一样的纯净世界。

我用色彩不停地尝试，去诠释曹文轩老师的文学世界，曾经开玩笑对曹老师说，我会画您的作品，一辈子。曹老师听后笑了，他在一本书的扉页认真地写下了一行字：做一辈子的朋友。

是的，一辈子的朋友。

绘制曹文轩老师的文字，我的世界也便晶莹剔透。画笔和小刀在我的手里舞着，我相信色彩世界有它永恒的旋转舞台。这些画就像是大块大块的色彩从天而降，伴随着曹文轩老师的文字或如绵绵细雨，落在嫩绿的叶片上，使无数的枝叶一起快乐地颤动；或为暴雨，倾盆而下，在田野上，在小路和大道上，它们以交响乐的方式，震撼着万物与生灵。

潇洒、从容，无所不在，无所不覆，这就是我对曹文轩老师的文字的理解，历史与现实，世态与人情，喜怒与哀乐，都能从老师的文字和我的色彩世界中，找到合理的宣泄或阐释。

这是文学给我们的恩赐

王琦在中国太原，我在英国伦敦。

距离和时差从来没有影响过我们俩的交流。我们几乎每天都会给对方发信息或者留言，分享家里和工作中的一些趣事，旅行途中的点点滴滴，还有站在画案前的兴奋。不管内容是什么，信息里总是透出许多温暖。几年来，这些已经成为一种习惯。

冰心先生说："有了爱，就有了一切；爱在右，同情在左，走在生命路的两旁，随时撒种，随时开花，将这一径长途，点缀得鲜花迷漫，使穿枝拂叶的行人，踏着荆棘不觉得痛苦，有泪可落，也不是悲凉。"这是我最爱的一段话，也是我一生所追求的生活方式。第一次见到王琦，我就知道我们有着同样的气息。

一年暑假，我应王琦的邀请，在山西太原市图书馆为少年儿童及家长，作了一场关于英国儿童阅读现状的讲座。此行最大的收获，便是与王琦母亲的见面。王琦的母亲在山西外语学院教书，八十年代旅英回来的阿姨，一口流利的英式英语。那个晚上我们几乎都是用英文交流，聊得十分开心。王琦的母亲在英国利物浦大学四年，她对于英国的文学和艺术有着独特的见解。王琦在她的书中这样描写她的母亲："童年的河流，流淌着幸福。母亲是那冬夜的小火炉，熠熠生辉，曜曜生暖，使冬天不再寒冷。我们依偎在一起，我们的小家始终温暖，始终有光芒。我记得夜幕里苍穹纯粹的蓝，绿树上槐花单纯的白，我记得年轻的妈妈穿着好看的棉袄下课回来，记得半夜醒来窗前妈妈备课的身影……"

王琦与我有许多相似的地方。我们都热爱文学，热爱自己的家庭，尤其是非常爱自己的孩子。"赏心悦目三两枝"，我欣赏王琦的为人，也欣赏她的文字。正是因为这样，我翻译了由英国卡兹班出版社签约的王琦的《小城流年》。喜欢小城的主人公小青子，喜欢小城里的春夏秋冬。她的文字有一种朴实而又熟悉的味道，句句直抵心扉，让我始终徘徊在王琦的小城。这一切都源于我们对生命的尊重，对家庭的爱，以及我们内心燃烧的梦想。所以在翻译过程中，我把一个女作家细腻的文字原汁原味地呈现给读者们，让西方国家的阅读者也跟我一样，爱上她的文字。

每一个作家都有属于自己的气息。王琦的文字是悠长的、忧伤的，是沉静的、流淌的，也是明净的、温情的，洋溢着生命深情的慰藉，她把槐花树下的小童年，写得丰盈、恣意、鲜活、灵动。尤其是在小说中对家人的爱和对大自然的爱描写得淋漓尽致，那么地清丽、沛然、丰盈、虚豁。

文字是想象，是记忆，是回望，也是生命中不曾更改的情怀。王琦给我们营造了一幅幅美好的画面：在曼妙的大自然中，人们在麦田里逮蟋蟀，到水渠里捉蝌蚪，去林间捡树叶、采蘑菇，在槐树下尽情地吸槐花蜜，可以摘下牵牛花，抽出花蕊，挂在耳畔做耳环，摘取指甲花染出红红的小指甲，这些都是伴随着我们这一代人的美好记忆。这些刻入骨髓的画面如空气在身边浮动，泛起心底缓慢涌动的波澜。日常生活的一个个场景，父亲母亲，温暖的家，童年的意象，都通过一个女孩子的心事在王琦的笔下缓慢渗透出来。那份忧伤和快乐就像风吹草叶的颤动，它不强烈，但你绝对不会忽略。

生于七十年代的王琦，现任希望出版社的总编，和大多数女性一样，除了工作，业余写作，还有个甜蜜温暖的小家。她有两个孩子，北北和南南，简直就是她先生的翻版。因此，在王琦的作品中，常常会看到来自家里的温馨场面。父子之间父母之间母子之间，简洁流畅，气韵生动，回味无穷。有爱就有一切，爱是精神，爱就是生活。我还特别喜欢王琦的另一本书《小城槐香》，打开扉页，扑面而来的文字特别清新和清澈。小城的槐花，一串串、一簇簇，香气缥缈，沁人心脾。《小城槐香》里住着另外一个她，柔软、可爱的她在明亮的阳光下灿然盛开，一路缤纷。她对生命的热爱就在槐香那里。

王琦身上流淌着女性自身的流畅和柔情，率真和美丽。我在她的童年往事里尽情寻找着我的童年。王琦在《小城槐香》的后记里说："在太原这样一个北方小城，生活了四十余年，一条汾河穿城而过，三面环山，千年名祠晋祠立于城南晋阳湖畔。我熟悉她每一寸土地和肌肤，我熟悉她每一个节气的呼吸和脉动。"小城的历史、文化和日常生活的气息，就像春夏时节飘散在每一条街道上的槐花香一样，深深融进了她的记忆里，渗透在她的生命和骨子里。

静静地读王琦童年的故事，翻译小城的点点滴滴，更加深刻地感受到她对生活的热爱，对生命的敬畏。她的心里不仅住着一个小女孩，还住着一个优雅的女人。既是出版人又是作家的王琦，享受着工作带来的每一份喜悦。出版与一般的工作不同，认真之外还有许多烦琐，一定要忠于职责，认真完成每一件事。而写作，尤其是儿童文学写作，则需要内心的纯净。环境养育着每一个作家的文字。王琦的成长中满是暖暖的记忆，这让她的文字情感变得更加丰富、敏锐。

生活从不缺善良和美好，重要的是如何去发现。我们可以通过各种故事，寻找各种爱和美好。我从王琦的槐花树叶上看到了每片槐叶里的漾动的汁液，回到童年，寻找童心。

每个人的生命中都有难言的孤独、感伤和快乐。"在童年的张望里慢慢发现，槐树早已深深地扎根在我的血液里。从第一个春天到第二个春天，二十四个节气，肖墙路和国师街上的槐花开了又开，在这个城市里，每一条街巷中，每一条道路上，总有槐树的影子。槐树好像总是拂面而过，槐树和我若即若离，又紧紧相依。"翻译这样的句子，怎能不让我落泪。

前辈巴金先生和冰心先生的友谊在文学界成为一种佳话。巴金曾经在给冰心的一封书信里写道："我需要的是精神养料。你的友情是更好的药物，想到它，我就有巨大的勇气。"冰心回信说："你有着我的全部友情。"他们的一生有着共同的主题：爱。他们爱亲人，爱文学，爱人民，爱祖国，他们是中国现代文学史上相知相惜的知音。我跟王琦相遇在书海里，成为一路同行的挚友，我们用真挚而丰厚的文字表达我们对生活的热爱，感谢文学给我们的恩赐。

那份最初的记忆

我自小就枕着湟水和黄河的涛声入梦，梦中，有祁连山的皑皑积雪，有青海湖的滟滟碧波。许多朋友，一听说是土族，下意识就反应，哦，土家族。每次我都得大声纠正：是土族，不是土家族。鲜为人知的土族是个带着几分神秘色彩的民族。关于它的族源，学术界争论不休，有鲜卑支系吐谷浑说、阴山白鞑靼说、蒙古人霍尔人融合说、沙陀突厥说、多源融合说，各执一词，难以定论。但不论持何种说法，都一致认同，土族的先民是来自马背的民族。我爷爷说，我们的祖先是格日利特。

格日利特是成吉思汗的一员骁将，曾在祁连山麓威远镇屯兵三千。历史上，相当一部分土族也确实把他当作本民族的祖先来祭拜。草原民族的血统，予我无拘无束的性格；能歌善舞、心灵手巧的双亲，则予我艺术启蒙。母亲天生一副好嗓子，一曲直入云空的青海"花儿"，竟如施了魔法似的，将活蹦乱跳的我定定地稳在原地。父亲是学财经的，却极喜陶艺和雕刻，一团泥巴或是一块木疙瘩，到了他手里便活转过来，令一直守在父亲身边的我，惊讶得几乎透不过气来。

家，给我太多的回忆。每一件看似很小的事实则让我永生难忘。一次，我们一家到陕西探亲，在邻村一位老婆婆家里吃饭时，一只青花瓷碗引起了父亲的注意，唠嗑时，他的话题总离不开那只碗。老婆婆说那碗是她家的祖上传下来的，已经用了很久，要是父亲喜欢拿走就是了。老婆婆的家简陋极了，可以说是家徒四壁。父亲没把碗带走，临走时，他把一万元放在炕上，说下次来的时候再把碗带走。我清楚记得老婆婆颤抖的嘴唇，浑浊的泪水，还有跪在土炕上那两条细瘦的腿。我曾经问父亲，为什么买了碗又不带走。父亲笑着说："傻丫头，拿走了，婆婆用什么吃饭？"后来终于明白，原来父亲收藏了善良。

父亲和母亲极爱我们。

因为爱，我的写作梦一直延续着。

童年的我在孩子的王国里自由玩耍，常常一个人躲在书房里啃《木兰从军》《白蛇传》《拇指姑娘》《孟姜女哭长城》《聊斋》……这些故事，许多字都不会认，我就跳过去读。当我知道世界上有一个"卖火柴的小女孩"在大年夜里冻死在大街上时，哭得整个晚上都不吃饭。多么希望能找到卖火柴的小女孩，跟她一起玩，给她穿我的棉袄，这样她就不会去找她的外婆，不会冻死在下雪的夜里。为了一本《宝葫芦的秘密》，我会把姐姐的头发抓住不放，直到姐姐哭着把书还给我为止。为了把新书《辽恩卡流浪记》先睹为快，把妹妹压倒在床上，用鬼故事恐吓她，直到妹妹尖叫着向母亲求救。父亲说："不像女娃娃，暴力行为。"许多时候，为了能拿到好的连环画姐姐躲着我偷偷看，轮到妹妹看时她自觉地把书送到我的手上。书是我的好朋友，从小学到大学，从工作到现在，只要提起笔写作，这些记忆就如大海波涛涌进我的心房。

如果说，是父母亲给我插上了自由飞翔的翅膀，那么，九十好几的老奶奶则教会了我何为敬畏。老奶奶是个虔诚的佛教徒，每天都要按照藏传佛教格鲁派的传统对佛祖顶礼膜拜。老奶奶每天都要磕一百零八个长头。每磕一个长头得双手合十，高举过头顶，然后依次下降，各触额、唇和心口一次，再双膝下跪，全身俯伏，以额触地，作五体投地状。老奶奶在青海老家是这样，到了南方还是这样。生长在这样的家庭，我的笔怎么能停下来？无论走到哪里，都让我想起那遥远、亲切、快乐而安逸的草原。永远记得父亲给我的话："尕蛋，你在馥郁芳香的温室里看世界，你的世界单纯，洁静，你就顺着这条大道走下去。记住，无论遭遇什么样的挫折，都要保持这份心境。"

生活常常猛烈地撞击我的心，使我忍不住要把爱涂成五颜六色的画和文章。刘海粟说："童心意味着幻想、创造、纯真、坦白、诚实。离开纯真，艺术生命便宣告灭亡。"我们生活在这样幸福的时代，就是要用心写美，画美，追求美。

童年的记忆将如魂附体伴随我终身。

后 记

　　我的童年是在漠北草原上度过的。那里有成片的树林、一望无际的草地和朴实勤劳的人们。我常常用画笔描绘故乡：一辆小自行车；一两个悠闲的人；无数片阳光灿烂的树林；放马行走在草原上三三两两聊天唱歌的牧民；还有那宝蓝宝蓝的湖水，成片成片的山野森林。每当画这些镜头，我就仿佛回到了童年。我想，许多年以后，我会在我的画作中寻找自己想要的东西。

　　随着工作的变动，昔日那个在草原上嬉戏的女孩如今已经长大，离开了那个充满美好回忆的地方。日子在我清晰的记忆里把一切关于故乡的美埋在心底。一直到后来，我在自己的绘画世界里找到了故乡，寻觅到了童年的快乐。我一遍又一遍细细欣赏自己喜欢的画面。从每一个线条每一点色块里寻找率真而诚实的自己。

　　每一幅画的色彩都是我给故乡的礼物，蓝天、白云、金

185

黄色的树林……无限燃烧着的心，让我自己的感情在广袤无垠的大地尽情地倾泻。我把生活中的浑俗和光、乐于助人，工作上的风风火火、雷厉风行几乎用在了绘画上。透过画笔，我想传达一种诗的热情，诗的朦胧，诗的境致。尤其让我笔下的点点滴滴，有着一种特别的、深深的故乡情结与乡土情愫。云天、炊烟、祁连山、黄河、草原景致，透着浓浓高原乡情。几十年的教师生涯，我用文字、书画、摄影记录着自己的生活轨迹。

真诚是一道金色耀眼的光芒，它照亮了心灵的各个角落。每当再读自己的文字或者画作时，我就有这样的感觉：一轮火红的朝阳跃然于烟波浩渺的海面上，朝霞映红了浩瀚的天空。此刻，你沐浴着温暖的阳光，从白玉的桥上信步走过，真诚向你阐明了人世间感情的真谛。心灵的深处，生命的种子在朝阳温暖的怀抱中长出幼嫩的新芽。那是一个芳香馥郁、百鸟争鸣的世界，那里有潺潺的流水和婉转清脆的莺啼。我一直在想：只愿做一朵平凡的小花，它有属于自己的天空，也有依恋它的彩蝶。把温暖和煦的阳光、清新怡人的空气，还有肥沃丰腴的土壤融合在一起，结出一颗饱满成熟的果实，那正是生命的果实。作为教师，我一边教学生画画，一边也自己画画，一直以旺盛的创作力度，在不断地超越自己。

我喜欢写生，足迹遍布西藏雪域高原，新疆塔克拉玛干大沙漠，云贵高原及港、澳。在祖国的许多壮丽河山中，在新加坡、泰国、马来西亚、英国、法国等国家都留下了采风足迹。我除了写生，随身也带着相机，我在百分之一秒的咔嚓声中，拍出了不少别有审美视角的引人入胜的照片佳构，作为素材和生活积累。

四季来回踱着，岁月在时间的河湾里流淌，或带走些什么，或留下些什么。只是埋进心田的那份最初的记忆总会在某个角落静静躺着，宛如那泛黄的老照片。今夜，斜倚在阳台，静静观画、静静听月。